CICATRICES BRILLANTES

ANDREA TOMÉ

Cicatrices brillantes

NUBE **DE TINTA**

Penguin
Random House
Grupo Editorial

Primera edición: octubre de 2023

Printed in Spain – Impreso en España

ISBN: 978-84-18050-81-7
Depósito legal: B-14798-2023

Compuesto en Comptex & Ass., S. L.
Impreso en Black Print CPI Ibérica
Sant Andreu de la Barca (Barcelona)

NT 5 0 8 1 7

Para todas las personas a las que se les quedó corto el hilo para salir del laberinto

«Una chica con la forma de un monstruo.
Un monstruo con la forma de una chica».

Joan Macleod

«Y pensé: este es el mundo.
No estoy en él.
Es hermoso».

Mary Oliver

Todo el mundo quiere saber cómo. Cómo has bajado tanto de peso y cómo logras no comer. Quieren saber exactamente cuántos kilos marca la báscula y cuántas calorías comes al día, y qué piensan tus padres de ello, y si no te preocupa no despertarte mañana. ¿Es por la moda?, ¿por TikTok?, ¿por la recesión?, ¿por Mercurio en retrógrado?, ¿te llamó «gorda» un chico de clase y decidiste alimentarte solo de lechuga y Coca-Cola *light*?

No quieren oír la verdad, porque es aburrida, porque no es sensacionalista y, sobre todo, porque no les dará pistas para salvar el pellejo. La verdad es una chica de dieciséis años que pierde los primeros cinco kilos porque ha aprendido a surfear y el verano es largo. Es una chica que se va de intercambio a Canadá y es semipopular por primera vez en la vida. Cuanto más adelgaza, más amable se muestra la gente con ella, así que la leche desnatada se convierte en contar calorías, se convierte en saltarse el desayuno, se convierte en ataques de ansiedad en el supermercado, se convierte en fotos en un álbum oculto del móvil que muestran su progreso, se convierte en Un Problema cuando vuelve a casa, se convierte en una lista de espera de psiquiatría al empezar las clases. Compañeras que antes la ignoraban se sientan ahora a su lado y le preguntan cuál es el secreto, así que se convence de que la lista de espera es una señal divina, porque no está enferma, no de verdad. Lo tiene todo bajo control.

La verdad es asustarte al ver la sombra bajo tus clavículas en el espejo para reparar dos segundos después en la carne blanda de las piernas y pensar que todavía no basta. Es no contestar a los wasaps de tus amigos durante días, tener diarrea en clase de gimnasia y leer la entrada de la Wikipedia sobre la comida que te gustaría tomar si te permitieras hacerlo. Es no saber el motivo. Es pensar que siempre pasaría. Es escuchar a tus padres llorar y prometerte que intentarás ser una chica normal. Es tener pesadillas con galletas saladas. Es el límite.

1

El límite

El límite se encuentra en una pista de hielo. Es el octubre de mis diecisiete años, suenan villancicos en todos los lugares públicos y quiero ser una chica de verdad. Una chica de verdad no pensaría aún en las patatas fritas que compartieron sus compañeros de clase pero que ella no se atrevió a probar, ni le habría preguntado a su hermana todos los detalles sobre los donuts de la cafetería nueva, ni calcularía cuánto tiempo tiene que patinar exactamente con objeto de quemar las suficientes calorías para sentirse bien pero no tantas como para quedarse dormida sobre los deberes de Inglés.

Y, por supuesto, una chica de verdad no se agacharía en mitad de la pista de hielo municipal en hora punta porque las matemáticas la han traicionado y se está mareando. Una chica de verdad no causaría una colisión triple con unos jugadores de hockey.

«Me odio porque siento TANTA HAMBRE/porque no sé funcionar en público por mucho que me esfuerce/porque no soy una chica sino la carcasa de una chica».

Un dolor lacerante y repentino me sube desde la muñeca hasta el codo, pero este queda ahogado bajo los «¡Mierda!», los «¡Joder!», los «¿Te has hecho daño?» y los «Oye, ¿tu padre no es...?».

Me apoyo en la valla para levantarme (un latigazo de dolor me recorre el hombro, la espalda).

—Estoy bien. No conocéis a mi padre. Estoy bien. Tengo que irme a estudiar.

Los tres jugadores de hockey me miran como si acabase de darme una embolia.

—¿Estás bien? —me pregunta uno de ellos, el rubio, aunque acabo de asegurarles (dos veces) que sí.

A esto, interviene su amigo (pelirrojo, obscenamente alto):

—Se te empieza a hinchar la mano.

Y el moreno, que tiene pinta de no saber qué hacer con la situación:

—Pero ¿qué hacías tirada en el hielo? ¿Te encuentras mal?

—Estoy bien —repito—. De verdad. Y me tengo que ir. Siento muchísimo... todo esto.

Me dirijo tan deprisa como puedo a las taquillas, sin preocuparme por poner los protectores a los patines ni por el ruido estridente que hacen las cuchillas contra el suelo de metal.

«Lo. Tengo. Todo. Bajo. Control».

¿Has notado alguna vez que el cuerpo no te responde? ¿Que la cabeza va en un sentido pero la lengua se mueve en el opuesto? ¿Que los pies no le siguen el ritmo a tus pensamientos? Creo que me siento en el pasillo a recobrar fuerzas y regular la respiración, pero cuando abro los ojos estoy tumbada en uno de los bancos de madera frente a las taquillas y me observan, al menos, diez chicos del equipo de hockey, además del bedel. Una camarera de la cafetería de la pista de hielo me tiende un chocolate caliente.

No puedo/no quiero aceptarlo. Es tan espeso que sería posible flotar en él —si fuese lo suficientemente pequeña como para nadar en un vaso de papel—, aunque como aquí me conocen, al menos lo habrán preparado con leche de avena y no con leche entera estándar, la que toma la Gente Normal a la que no le preocupa con qué leche preparan el chocolate. Y huele TAN BIEN y siento tanta hambre, y puede que tenga la misma cantidad de calorías que reservaba para el plato de la noche y estoy demasiado cansada como para inventarme una excusa creíble que me libre de cenar en casa.

—Estoy bien —digo de nuevo, y las palabras parecen vaciarse de significado.

Doy un sorbo lento al chocolate.

—De verdad —insisto.

No me libraré con tanta facilidad. No es buena señal que una chica joven y sana se desmaye, sobre todo si acaba de chocarse con tres gigantes de dos metros que patinan a veinte kilómetros por hora. Alguien llama a una ambulancia; alguien más, a mi padre, cuyo turno como bedel no empieza hasta las ocho. Si él está al tanto, mi madre tendrá que saberlo también.

Estoy atrapada.

2

Lo opuesto a «todo bien»

Una chica sana de diecisiete años que se desmaya enciende las alarmas de los médicos. O quizá hoy tengan un día tranquilo en Urgencias. O alguien quiere compensar el hecho de que hayan llamado a una ambulancia debido a un choque en una pista de hielo. El caso es que me hacen infinidad de pruebas.

No me pasa nada en la cabeza, al menos no físicamente, y el corazón me late como el de cualquier otra persona de mi edad. «¿Y las palpitaciones?», me gustaría preguntar. A lo mejor me las he imaginado. A lo mejor estoy loca de verdad.

Cualquiera puede dejar de comer, pero ¿qué clase de persona lee libros de recetas como si fuesen la gran obra del autor del momento o se toca las clavículas para comprobar que siguen ahí y que las cubre la misma capa de piel-y-solo-piel de siempre o se pasea por los pasillos de alimentación de los supermercados sin intención de comprar nada?

Por un momento parece que dejarán que me marche con tan solo un vendaje en la muñeca derecha —esguince de segundo grado— y una cita programada con el médico de cabecera para hablar de los análisis de sangre que me han hecho. La doctora de Urgencias ya se está volviendo hacia nosotros cuando algo en mi historial médico le llama la atención.

—¿Estás en lista de espera para iniciar un tratamiento debido a un trastorno de la alimentación, Zoe? —me pregunta.

Como si la realidad dependiese de mi respuesta.

Me encojo de hombros.

—El año pasado bajé un poco de peso, pero ya volví a subir. Estoy bien.

Papá me pone las manos en los hombros.

—Se ha esforzado mucho y lo hace muy bien. Come pizza, hamburguesas…, como cualquier otra chica.

No sé por qué, la mención de la pizza y las hamburguesas me hace enrojecer. «El año pasado adelgazó tanto que los vecinos y los padres de sus compañeras nos preguntaban si estaba enferma, pero ¿quién es inmune a la tentación de la comida basura? Está bien. Solo se mojó los pies en el trastorno, pero no le dio tan fuerte como para zambullirse de lleno».

—Nos aseguramos de que siga una dieta sana —añade mamá—. Tres comidas al día y dos tentempiés. Variado. Y le controlo el periodo…

—¡Mamá!

Mamá es inmune a mis protestas.

—Es casi regular. Por supuesto, cuando nos llamen de psiquiatría nos gustaría que la evaluasen igualmente. —Se vuelve hacia papá, que asiente en silencio—. Para que esta situación no le cause problemas en el futuro.

La doctora estira los labios. Ha escuchado todo esto antes, y no le ha gustado. O a lo mejor tienen realmente un día tranquilo en Urgencias. O tal vez la chica rara que no come aporte una perspectiva más amable que el resto de cosas que se ven en una tarde de guardia.

—¿Por qué no te pesamos, Zoe?

—No creo que sea necesario —digo.

Al mismo tiempo, mamá asegura:

—Nos pesamos cada dos semanas. —Esto quiere decir que me peso yo—. Toma Xaggitin XL, por el TDAH. Cincuenta y cuatro miligramos. A mí me parece mucho, pero es que este curso las calificaciones se han resentido un poco... Sé que puede afectar al apetito, por eso me aseguro de que no baje de peso. Espera, tengo apuntado en el móvil...

Por lo general, resulta difícil hacer callar a mamá cuando empieza a perorar. Veo que la doctora intenta, en vano, meter baza. Ahora que mamá está ocupada abriendo la aplicación de notas en el móvil, no desaprovecha su oportunidad.

—Vamos a asegurarnos de que no pasamos nada por alto.

Y me tiende la mano para ayudarme a bajar de la camilla.

Mierda.

—Estoy bien, de verdad. —Y como su expresión no me llena de confianza, añado—: ¿Parece que no como?

Soy una Chica Normal Y Delgada. Encuentro mi talla en las tiendas —aunque sea pequeña y a veces recurra a la sección de niños—. Se me marcan las clavículas y, bajo la luz adecuada, las costillas, pero ningún hueso preocupante, como los del pecho o de la espalda. No tengo un hueco entre los muslos. Soy una Chica Normal Y Delgada.

—Necesito asegurarme de que todo esté bien antes de firmarte el alta.

Lógica e intelectualmente sé que me conviene una talla más grande, no más pequeña, pero lo que más me tortura ahora es que ESTE NO ES MI PESO REAL.

Mi peso real —que no es ni este ni el que mamá tiene apuntado en el móvil— es el de primera hora de la mañana, después de mear y completamente desnuda; las joyas, como ofrendas sobre el lavabo. Ahora llevo toda la bisutería que no me mandaron quitar, además de la ropa interior y la bata del hospital. Es casi la hora de cenar, por lo que tengo el estómago lleno de comida y de un chocolate caliente que debí haber rechazado. Para más inri, llevo seis, no, siete días sin cagar.

«Este. No. Es. Mi. Peso. Real».

La doctora debe de leer la preocupación en mi rostro, pues enseguida me dice:

—Puedes darte la vuelta, si quieres.

—Estoy bien —le aseguro, aunque con cada movimiento que ajusta la balanza siento que respiro más agitada.

¿Cuántos kilos tengo que restarle a esta cifra? La ropa es fina y las joyas también, pero llevo una semana sin ir de vientre y ¿cuántas horas llevamos aquí? No me acuerdo de la última vez que meé, aunque juraría que fue antes de salir a la pista de hielo. También retienes líquido a lo largo del día. ¿Cuántos kilos?, ¿tres?

Solo entonces se me ocurre calcular el índice de masa corporal. Las matemáticas nunca se me han dado bien, sin embargo, el hambre agudiza el ingenio. Finalmente, llego a la misma cifra que la que la doctora nos muestra en el ordenador.

—Tu índice de masa corporal es de dieciocho y medio.

Papá, a quien esta información no le dice nada, baja las cejas a la espera de escuchar más. Mamá, que va a pilates con sus amigas y lee el blog de Gwyneth Paltrow como si fuese la Biblia, se pone seria.

—Zoe, te encuentras justo en el límite. Cien gramos menos y estarías clínicamente en infrapeso.

Lo que significa: ya estoy en infrapeso, porque esta cifra no es real.

Lo que significa: tenía razón, y desconozco por qué es importante recibir la confirmación de un médico, pero lo es.

Lo que significa: soy mediocre incluso dentro de los estándares de los trastornos alimentarios.

Lo que significa: ¿por qué he hecho perder el tiempo al hospital? He visto bastantes dramas médicos como para hacerme una idea de cuánto cuesta tenerme aquí y practicarme estas pruebas inútiles.

Papá no piensa en nada de esto. Solo esboza una sonrisa y tantea:

—Siempre ha sido una niña delgada. Está… está un poco más bajita que cuando empezó a perder peso, pero tiene diecisiete años. Está creciendo, ¿no? Y… y mira a su madre.

Mamá decide tomárselo como un ataque personal.

—¿Qué quieres decir?

—Bueno, estás delgada. Tu madre está delgada. Tu hermana está delgada. Se debe a vuestra constitución. O sea, a la genética.

Y mira a la doctora en busca de una confirmación, pero mamá no dejará que se libre tan fácilmente. Suele reaccionar con enfado cuando cree que los demás dicen cosas que ella ya piensa.

—Crees que esto es mi culpa.

—No creo que sea nada porque no creo que Zoe esté enferma.

—Bien, porque no lo estoy —digo, solo para recordarles que me encuentro aquí, yo, el sujeto de su conversación—.

Me he hecho un esguince porque me embistió un jugador de hockey de dos metros. ¿Puedo irme a casa? Mañana tengo clase y debería probar a escribir con la mano izquierda.

La doctora vuelve a estirar los labios.

—Voy a ver si ya están tus análisis de sangre. Así os ahorráis la cita con el médico de cabecera, ¿eh?

No puedes mentir a un mentiroso. Quiere decir que va a diseccionar los resultados en busca de cualquier indicio que confirme sus sospechas. «¿Qué sentido tiene?», me gustaría preguntarle. Ya estoy en la lista de espera de psiquiatría, y no nos podemos permitir el tratamiento privado, tal como sucedía hace un año.

Mientras se aleja hacia el pasillo, reparo en las líneas de su cuerpo y pienso que su índice de masa corporal debe de ajustarse al mío. Me pregunto si sintió una puñalada de orgullo cuando vio que podría mandar a una chica con el mismo tipo de cuerpo que ella a una clínica para trastornos alimentarios. O a lo mejor la gente normal no piensa en tales parámetros. A lo mejor las mujeres que son naturalmente delgadas no se toman los números en una báscula como causa de celebración.

O quizá ella también tiene problemas con la comida, pero como no empezaron en la adolescencia, ahora que es adulta y nadie la obliga a tratarse, ¿por qué iba a hacerlo? Casi todas las mujeres se han puesto a dieta alguna vez, y la vida resulta más fácil cuando el cuerpo que habitas es delgado. Ahí está el problema.

La casa en la que vive papá con su nueva mujer, Lisa, está ubicada en primera línea de playa, por eso la conversación que mantiene con mamá en la cocina me llega ahogada por el rugido de las olas.

Oigo una cacofonía de «Te dije que no estaba bien», «Se suponía que seguía la dieta», «No me hagas hablar, pero si hablamos de dietas…» y «Ha sufrido mucho estrés últimamente».

El motivo de la reunión familiar es, por supuesto, lo preocupante de los resultados de mis análisis de sangre. Como era de esperar, sonaron todas las alarmas posibles: estoy baja de vitaminas D y B_{12}, la actividad de mi tiroides es lo bastante sospechosa como para necesitar un control rutinario, y los niveles de hierro son tan patéticos que debo empezar a tomar medicación de inmediato —«Estás a un paso de necesitar una transfusión de sangre, Zoe»—.

Puesto que el crujido que Emi —la hija de la mujer de papá— está haciendo al masticar los nachos no logra aniquilar por completo la discusión, opta por una vía más directa:

—Un tipo de mi clase de Filosofía Antigua pregunta cómo estás.

—Ya.

—En serio. Por lo visto, es uno de los gigantes que te arrolló en la pista de hielo.

Me tapo la cara con la mano, que huele a cebolla morada y a salsa de tomate. A mamá se le ocurrió pedir comida para llevar. Taco Bell fue mi aportación, ya que me sé de memoria la información nutricional del menú y pensé que mamá y papá se sentirían mejor si me viesen comer algo que ellos consideran alto en calorías; pero no lo es. Solo hay una cosa tan jodida como llorar por una rebanada de pan o hiperventilar porque no quieres que los demás perciban tu cuerpo físico: ver que alguien a quien quieres deja de comer y no poder ayudarlo porque, por mucho que digas o hagas, nada cancelará el resto de mensajes que recibe del mundo.

—¿Por qué le interesa saber cómo estoy?

—Supongo que jugar al hockey no está reñido con tener una brújula moral. ¿Qué quieres que le diga?, ¿que te han amputado el brazo?

Me muerdo el labio inferior. Ya he buscado el nombre de usuario que me enseña ahora Emi. Solo para curiosear. Solo para sentir que soy Una Chica Normal con Intereses Normales y no una chica que tiene que trocear cada bocado de pollo con los dedos antes de armarse del coraje necesario para metérselo en la boca.

Es alto, con la piel tan cuajada de pecas y cicatrices de acné que no logro discernir el tono natural. Apenas ha subido fotos, aunque eso ya no significa nada; las pocas que hay forman un *collage* de hockey-surf-guitarra. Sin filtros.

—Dile que estoy bien. Dios, qué vergüenza.

Debido a los desastrosos resultados de mi análisis de sangre, mamá y papá debaten acerca de los malabares que harán para pagar la terapia mientras esperamos a que me llegue el turno en la lista de espera de la Seguridad Social. La cita diagnóstica con el especialista ya suma, por sí sola, quinientos euros —papá ha prometido pagarla de sus ahorros—; el precio de las sesiones dependerá del tratamiento que se estime necesario, pero parece excesivo incluso contando con la ayuda de la asociación de TCA que nos recomendó la doctora de Urgencias.

—Mi hermano puede ayudar, y quizá tus padres también…

—Por supuesto. En la empresa necesitan a alguien para cubrir la recepción en la feria comercial de Frankfurt. Si te puedes quedar con Zoe una semana...

—Claro. Y...

Resulta un momento deprimente y solitario: ser testigo del coste tanto emocional como económico que supones para tu familia. Emi debe de pensar lo mismo, pues sube el volumen de la tele y añade:

—Es mono. Más o menos.

Me encojo de hombros.

—Sí, supongo. ¿Te gusta?

Emi suelta una risita.

—Dios, no. Ya sabes cuál es mi tipo: chicos con aspecto de tuberculosos victorianos o chicas con pinta de criminales.

Emi es la única persona que me conoce desde Antes —mis once y sus doce años, cuando papá y Lisa se dieron cuenta de que lo suyo iba en serio— y que no me trata de un modo distinto. Está a punto de preguntarme algo más cuando el móvil me empieza a vibrar sobre las rodillas.

Solicitud de seguimiento: r.pl_

Tiro el teléfono sobre el sofá, en el espacio entre el cuerpo de Emi y el mío.

—No tenías que darle mi usuario.

—Quizá te ha buscado en mi lista de seguidores.

—¿Y cómo sabe quién soy?

—Vas a la pista de hielo cada semana. ¿Qué?, ¿te creías invisible?

Más o menos. No se ha inventado una palabra para definir el estado intermedio entre existir y no hacerlo, el estado entre ansiar el hambre y ansiar ser una chica normal, pero «invisible» se le acerca.

Ser «invisible» es no hablar con nadie desde que sales de casa hasta que regresas. Es que la gente haga planes a tu alrededor y no se le ocurra invitarte, no por malicia, sino por mera distracción. Es sentir que te encuentras en las inmediaciones del mundo, pero no dentro de él; que la vida es algo que ocurre alrededor y no algo que te sucede a ti.

—Quizá te ha visto *stalkeando* sus historias.

—Dios.

Casi todas mis fotos de Instagram son del año de intercambio en Canadá, porque no quiero/no puedo ver a la Zoe de antes. De este curso solo he colgado una del cumpleaños de mi amiga Noa y otra de una fiesta de principio de curso. Quizá adelgazar me ha vuelto ligeramente interesante para la mayoría de las personas que hasta ahora me consideraban aburrida, pero no me ha enseñado a hablar en las fiestas, a mantener amistades o a seguir una conversación sin que la otra persona sienta el deseo irrefrenable de huir.

~~Soy una chica observando a otras chicas. Soy una chica intentando ser una chica.~~

Salgo de Instagram. El taco en la mano derecha ya está frío, el pollo sabe demasiado a pollo y sé que nadie me creerá si digo que me duele el estómago.

3
Atípica

Mamá se despertó temprano por la mañana para pedir cita en la clínica. En el instituto, mi cuerpo parece cortar el aire al caminar; cada paso, coronado por susurros.

«¿Ha intentado suicidarse?».

«¿Ha tenido una revelación religiosa?».

«¿Ha encontrado la manera de deslizarse por los bordes del mundo?».

«¿Ha tenido una crisis a lo Cisne Negro, chica contra espejo, y el espejo ha ganado?».

Noa y Alicia son las únicas que me preguntan qué me ha ocurrido. Éramos inseparables hasta cuarto de la ESO. Luego vino el año de intercambio. En los primeros meses hacíamos videollamadas a diario. Creé una cuenta de TikTok privada en la que les mandaba vídeos de las vistas desde la torre CN, del atardecer en Toronto Island y de todos los Ice Capps del Tim Horton's del mundo. Después, las videollamadas diarias se convirtieron en videollamadas semanales, que se convirtieron en videollamadas mensuales, que se convirtieron en «Me gusta» cada vez más esporádicos en las publicaciones de Instagram, que se convirtieron en no saber qué decirnos.

Me sé sus direcciones de memoria, todos los signos de

sus cartas astrales, los nombres de sus primeras mascotas y las contraseñas de sus redes sociales; sin embargo, ahora mismo, tras asegurarles que me he caído en la pista de hielo en la que trabaja papá pero que estoy bien, soy incapaz de mantener viva la conversación.

El doctor Herrera es… bueno, un doctor y no una *doctora*, detalle que me causa un pánico inmediato. No es que crea que una mujer me comprenderá mejor, sino que me parece que un hombre me juzgará más.

Sé que es un médico y que ve a mucha gente como yo todos los días, pero me da miedo que me mire y piense: «¿Me traen a *esta* chica? ¿Qué lotería les ha tocado a estos dos para gastar quinientos euros contantes y sonantes en un cuerpo que podría cruzar la barrera entre el infrapeso y el normopeso tras una sola semana bebiendo batidos hipercalóricos? No necesita tratamiento para un trastorno alimentario, solo un multivitamínico y un Valium».

Su primera pregunta parece corroborar mis sospechas.

—¿Por qué estás aquí, Zoe?

Bajo la mirada a mis botas. Mamá coge aire y separa los labios, pero con un movimiento de la mano, el doctor Herrera le impide continuar.

—Me gustaría escuchar lo que Zoe tiene que decir.

Trago saliva.

—Tengo… eh… tengo un problema con la comida. Creo.

No nos hago perder el tiempo fingiendo que no soy consciente de ello. Creo que empezaré a llamar las cosas por su nombre.

El doctor Herrera gesticula para que me explaye. A medida que lo hago, siento que las mejillas se me enrojecen más y más.

—Comer es difícil. —Papá intenta cogerme la mano, pero me separo, no sé por qué—. No quiero pesar más de lo que peso ahora. Este es el máximo.

El doctor echa un vistazo al historial médico que ha impreso, la mirada desciende hacia el número mágico.

—¿Qué sucedería si subieses de peso?

Me muerdo una uña.

—Lo odiaría. Me odiaría.

Me parece que papá se estira para decir algo, así que me apresuro a matizar:

—No me refiero solo al físico. Mi cerebro me gusta más cuando estoy delgada.

—Siempre ha estado delgada —logra decir papá—. O sea, no tant…

El doctor Herrera le indica con la mano que no siga. Me mira fijamente.

—¿A qué te refieres cuando dices que tu cerebro te gusta más?

—Soy más lista cuando no como —respondo, y ahora es mamá quien parece querer decir algo, pero no se lo permito—. Veo las cosas con más claridad. Y tengo más disciplina.

Papá mira de reojo a mamá ante esta apreciación.

El doctor me señala con el bolígrafo.

—Cuando el cuerpo no recibe la nutrición suficiente, crea adrenalina para seguir adelante. Hasta que agota las reservas de energía.

—Siento que tengo más control de las cosas cuando no como.

—¿Crees que llevas el control ahora mismo?

¿Llamarías «control» a desmayarte en una pista de hielo, ¿a que se te caiga el pelo y se te rompan las uñas?, ¿a estar aquí sentada?

—Más o menos. Tendría menos control si comiese.

El doctor Herrera ladea la cabeza.

—Cuando tratamos a un paciente con un TCA restrictivo, nuestra meta es llegar a un índice de masa corporal de veinte. —Me enseña las palmas de las manos—. Sé lo que me dirás: que el normopeso empieza en dieciocho y medio, muy cerca de tu IMC actual, pero ese es precisamente el problema. Los trastornos de la alimentación tienden a las recaídas, así que se precisa un margen de error. ¿Cómo te haría sentir si tuvieras un IMC de veinte y comieras las calorías necesarias para una chica de tu edad?

Arqueo una ceja. ¿Qué espera que le diga?, ¿«gorda»? La respuesta nunca es «gorda». No exactamente.

Veinte era el índice de masa corporal que tenía antes de Toronto. Veinte era el índice de masa corporal de la Zoe que llevaba aparatos en los dientes y el flequillo de lado, de la Zoe de mejillas perfectamente rosadas y perfectamente redondas, de la Zoe que quería escribir para Vogue/ser corresponsal de guerra/llevar un blog de sus viajes por el mundo.

Sé que esa Zoe no estaba gorda y sé, por supuesto, que esta tampoco lo está. No veo un cuerpo gordo cuando me miro en el espejo, sino un cuerpo raro, extraño, con un problema que no logro identificar. La parte superior es delgada, casi seca, los brazos largos y las clavículas afiladas como las de una bailarina; las piernas, sin embargo, son rollizas y blandas como las de un bebé. Soy el monstruo de Frankenstein hecho chica. Soy una colcha de *patchwork* con telas que no combinan entre ellas. Soy el reflejo en uno de esos espejos de las ferias que te hacen parecer gigante un segundo y diminuto al siguiente.

No puedo condensar todo esto en una sola frase, de modo que solo digo:

—Mal.

«Mal» no es suficiente.

—¿Qué quieres decir?

—Débil. Tonta. Vaga.

Papá mueve la cabeza con mucha pena.

—Cariño...

—Todo el mundo puede comer —digo—. No sé por qué yo solo puedo o dejar de comer o...

—¿Hacerlo excesivamente? —tantea el doctor Herrera.

Asiento. Al menos él también llama las cosas por su nombre.

—Es vergonzoso.

—Es la respuesta natural de un cuerpo que no recibe una nutrición aceptable. No es tu culpa.

Me gustaría poder decirle que se equivoca. Que de pequeña lloraba hasta quedarme sin voz porque no *podía* comer un bocado más de pollo/pasta/ternera/arroz/lo que fuera, pero que en cuanto me retiraban el plato exigía el postre. Que, en mi décimo cumpleaños, Noa y yo fuimos al cine y tuvimos que llamar a mamá porque nos habíamos gastado todo el dinero en chucherías y no nos quedaba para las entradas. Que a los doce años mi tía Gala me presentó las galletas digestivas con chocolate y me gustaron tanto que desayuné medio paquete.

El tamaño de mi hambre me aterra.

—Tu médico de cabecera ha indicado que tenías un IMC

de diecisiete el año pasado, cuando te puso en lista de espera para recibir tratamiento —agrega, en vista de que yo no he dicho nada más.

Tenso la espalda. Quizá cree que me lo invento o que lo hago para llamar la atención, aferrándome a un posible diagnóstico que nunca correspondió a mi talla.

—Hablamos con Zoe y decidimos probar una dieta en casa mientras esperábamos —explica mamá—. Tres comidas al día y dos tentempiés. Variado.

—Se esforzó mucho —añade papá.

Me doy cuenta de que es una variación de lo que ya dijeron en Urgencias.

—No siempre fue fácil, pero parecía que estaba funcionando —continúa, ahora con un suspiro—. Supongo que no.

Quieren saber si esto es culpa suya, de algún modo; si es posible viajar al pasado y encontrar el único momento que podríamos haber vivido de una manera distinta para que las cosas no resultaran como han resultado. ¿Es porque mamá se enfadaba conmigo cuando le decía que odiaba el pescado y que no podía comer más?, ¿por el divorcio?, ¿porque papá se hizo vegano?, ¿porque no tengo hermanos?, ¿porque se alegraban demasiado por mis notas?, ¿porque se alegraban *demasiado poco* por mis notas?

—Nunca ha tenido sobrepeso.

—Siempre ha sido un poco tímida, pero nunca ha sufrido *bullying*.

—Nadie en la familia ha tenido problemas con la comida.

—Hizo ballet dos años, pero la desapuntamos porque nos preocupaba que… bueno, que le pasase algo así.

Hablan incesantemente, casi atropellándose el uno al otro. El doctor Herrera tiene que interrumpirlos.

—Nunca hay respuestas fáciles con los trastornos alimentarios. A lo largo del tratamiento nos gustaría que Zoe identificase algunos de los desencadenantes, pero no lo podemos hacer en una primera sesión. —Se vuelve hacia mí—. ¿Estás de acuerdo con lo que ha dicho tu padre?, ¿que te esforzaste mucho en mejorar por tu cuenta?

—Sí. Quería... quería que no se preocupasen tanto por mí. O sea, todavía sentía culpa cuando comía, pero también me sentía culpable cuando no comía, porque sabía que les hacía daño.

—¿Ha cambiado algo desde entonces?

Me encojo de hombros.

—La culpa por comer es más grande que la culpa por no comer, supongo.

—¿Qué tal si te pesamos?

No protesto, aunque me pesaron ayer. Me quito las botas de un golpe, también la chaqueta y la sudadera, por el mismo motivo irrazonable de siempre. Me conviene más que nunca que el peso sea más elevado, pero me pueden las ganas de demostrar al doctor Herrera que merezco el diagnóstico.

La cifra es un poco más baja que anoche, puesto que solo llevo medio día de comida y no un día entero; además, tras dos supositorios de glicerina he conseguido ir al baño. Al doctor Herrera no parece preocuparlo; por suerte, tampoco comunica la cifra exacta a mis padres.

—El comportamiento, el peso y los síntomas físicos de Zoe parecen indicar anorexia atípica.

Mamá baja las cejas.

—¿Atípica?

—Presenta todos los signos de un TCA restrictivo, pero su malnutrición no es severa.

Mamá y papá intercambian una mirada. Puedo ver, físicamente, que el alivio les acaricia los hombros. La mala noticia es que es anorexia, pero la buena es que se trata de la versión *light*. La versión de la que no se hacen películas, la que no sale en los telediarios cuando una modelo se desploma en la pasarela.

Quiero derretirme en la silla. Lo he sacrificado todo por el hambre; le he hecho ofrendas con las cosas que más me importaban, hasta que ya no soy capaz de disfrutar de nada ni de emocionarme por nada. Y, aun así, no es suficiente.

—¿Cómo te hace sentir el diagnóstico? —me pregunta el doctor.

—Supongo que es justo.

—Eso no es lo que te he preguntado.

Suspiro.

—Indiferente.

Por su respuesta, sé que no me cree.

—Un diagnóstico u otro no implica el testamento de la severidad del trastorno, sino del tipo de tratamiento más adecuado —dice, no sé si a mis padres o a mí—. Empezaremos con el hospital de día. Eso significa que Zoe puede hacer vida normal, ir al instituto y dormir en casa, pero las comidas serán en el hospital, bajo supervisión. En principio, dos comidas: el almuerzo y la cena. Si progresa adecuadamente, solo el almuerzo.

—¿Y si no progresa? —pregunta mamá.

—Pasaríamos a tres comidas en el hospital. Si baja drásticamente de peso, podríamos considerar un ingreso, pero no hay motivos para preocuparnos por eso ahora. —Me mira—.

Tendrás que apuntar en un diario todo lo que comes y el ejercicio que haces, ¿vale? Y necesitas supervisión para la comida que hagas en casa.

Mamá se muerde el labio inferior.

—Normalmente confío en ella y la dejo desayunar sola. Sé que no es lo ideal, pero… me levanto a las cinco para ir a trabajar, y no sé si es bueno para ella cambiar el horario de sueño así… Entre los deberes y los exámenes ya se acuesta un poco tarde.

Un temblor le recorre el rostro. Parece que sopese el mal mayor, que trate de decidir cuál pesa más en la palma de la mano.

Papá tamborilea los dedos contra la mesa.

—¿A lo mejor puede pasar conmigo la semana y contigo los findes?

Mamá resopla. Cambia la postura, casi preparándose para un enfrentamiento verbal, pero papá se le adelanta:

—No intento aprovecharme de la situación. —Se vuelve hacia el doctor Herrera—. Mi mujer trabaja en casa y yo no entro hasta las ocho, así que siempre habría alguien para desayunar con Zoe. Solo mientras dure el tratamiento. Que sería…

El doctor estira los labios.

—No podría daros una estimación. Tenemos que ir día a día.

Un silencio monstruoso. Por fortuna, nadie me pide que decida qué hacer. Mamá encuentra razonable la propuesta de papá, y papá le asegura que las cosas volverán a la normalidad pronto, porque me he «esforzado mucho» hasta ahora y seguiré haciéndolo, claro que sí.

4

Chica, atrapada

Me mudo enseguida a la habitación de Emi. Solo he traído una maleta muy pequeña, la mochila del instituto y mi peluche de Morpeko, un Pokémon que se transforma en su versión malvada cuando tiene hambre. De todos en la familia, Emi fue la única que lo encontró divertido.

Ahora estamos tumbadas en la cama, a oscuras a excepción de la lámpara de sal que Emi compró en Urban Outfitters y que cambia de color, tiñendo las paredes —verde claro— de rojo-rosa-magenta-azul-blanco-rojo.

—¿Quieres la litera de arriba? —me pregunta.

Me entra la risa tonta.

—¿Por qué?, ¿porque estoy enferma?

—Sí, más o menos. O sea, no me importa cambiártela.

—No, gracias. ¿Te imaginas que me cayera y me fastidiara la otra mano?

—Ya no te quedaría ninguna para masturbarte.

Solo por eso, levanto las piernas y doy una patada a su colchón.

—¿Has aceptado la solicitud de Rubén el del hockey, mi compi de filosofía?

—No. —Bajo las cejas—. ¿Por qué?, ¿te ha preguntado por mí o algo?

—No, por curiosidad —dice, y tras un instante de silencio añade—: Solo tenemos una clase juntos.

—Guay.

—Sí. —Se humedece los labios—. Oye, ¿vas a intentarlo?

—¿Eh?

—Lo del hospital. Tienes que intentarlo. O sea, sé... Bueno, no lo entiendo. No entiendo por qué haces lo que haces —chasca la lengua—. Inténtalo, ¿vale?

Me muerdo las mejillas hasta hacerme daño.

—Sí.

El desayuno me resulta fácil. Como no vivimos en una *sitcom* americana, el desayuno es la comida menos abundante del día. Vierto cien mililitros de leche de almendras en un bol. Los caliento en el microondas hasta que empiezan a burbujear y añado treinta gramos de Kellogg's sabor frambuesa. Cuando me acerco a la cafetera, papá se vuelve para mirarme por encima del hombro.

—Lo siento, coleguilla. —Enarbola la carpeta de normas (pesadísima) que nos entregó el doctor Herrera—. No puedes tomar diuréticos y el café lo es; al parecer, es la norma número uno.

—¡Venga ya! ¿Cómo voy a empezar el día sin café? Estoy bastante segura de que la Convención de Ginebra me protege.

Como respuesta, papá me tiende un bote naranja sospechosamente parecido a los del ColaCao.

—Ovaltine —me explica—. Es una especie de chocolate que toman los niños suizos para estar fuertes. Tiene muchísimo hierro.

—¡Con la de hierro que tiene! —exclaman Emi y Lisa a la vez, porque en su casa *Los Simpson* son la Biblia.

Intento echar un vistazo a las calorías, pero alguien ha tapado la información nutricional con rotulador indeleble. Al prestar más atención al resto de cajas que hay sobre la mesa, advierto que ni una se ha librado de esta batalla desesperada. Miro a papá de soslayo.

—Ya sabes que soy como un gato: me dan ataques de energía criminales por las noches y tengo que hacer algo para distraerme.

Le sonrío.

—Vale. —Dejo el Ovaltine sobre la encimera—. Creo que cambiaré el café por el zumo de naranja. Todavía no he ido al baño.

Como sé que no deja de mirar mi bol con preocupación, me sirvo exactamente siete almendras, porque el siete es un número de la suerte.

Lisa es quien viene a buscarme al salir de clase. Me pregunta por mi día mientras conduce hacia el hospital, pero la conversación muere pronto, pues no hay mucho que decir y hablar no es lo mío. Sigo sin saber cómo debo entablar conversación con Noa y Alicia y, por supuesto, tampoco he encontrado la fórmula mágica para caer bien al resto de mis compañeros de clase.

Al aparcar, me dice:

—No tienes que ser perfecta, ¿vale? Solo esfuérzate tanto como puedas.

Fuerzo una sonrisa.

—Lo sé. Gracias.

—Tu padre viene a buscarte después. No te vayas o es capaz de llamar a la Interpol.

—No te preocupes.

Se pasó toda la noche borrando las etiquetas de las calorías de todos los paquetes de comida de la casa. Soy más monstruo que chica, pero todavía no un monstruo del todo.

—¿Zoe? Estoy orgullosa de ti. Estás siendo muy fuerte y muy madura.

—Gracias, Lisa.

Solo puede acompañarme hasta el final del pasillo, donde me esperan dos enfermeros. Al despedirse, me da uno de esos abrazos que parece que quieran recomponerte, y solo cuando se separa reparo en que me tocaba los huesos con las yemas de los dedos, como comprobando la severidad de la situación.

Los enfermeros me conducen a una sala de consultas antes de llevarme al comedor con los demás. Por un momento creo que el doctor Herrera quiere hablar conmigo, pero solo son ellos dos los que se quedan en la habitación para «charlar un poco del funcionamiento del programa», palabras suyas, no mías.

La mujer —Julia— es alta y rechoncha, con un rostro de esos que no dejan adivinar la edad —la estimo entre los cuarenta y los sesenta años— y la piel tan morena que, en comparación, los dientes parecen brillar. El chico —Brais—, de veintitantos, es delgado pero fuerte, con la nariz romana y unos enormes ojos, sumamente negros y muy brillantes.

—¿Tienes alguna intolerancia? —me pregunta Julia.

Brais, con una carpeta en una mano y un bolígrafo en la

otra, se inclina hacia mí de la manera menos disimulada posible y me susurra al oído:

—Tenemos todos tus datos, así que tómatelo como un ejercicio de confianza. Resulta más fácil y rápido si dices la verdad.

—Soy intolerante a la lactosa.

Julia asiente como una profesora a la que acabas de recitar bien la lección.

—¿Celiaquía?

—No.

—¿Alguna alergia?

—Solo a la penicilina, pero no creo que eso esté en el menú.

—¿Algún requerimiento religioso que debamos tener en cuenta?

—¿No como carne los viernes de Cuaresma?

Es una broma, pero los enfermeros intercambian una mirada. Brais, que encoge los hombros, lo apunta en mi ficha.

—No es tan importante —me apresuro a decir, pero no se detiene.

—Somos muy tolerantes con las prácticas religiosas —me dice Julia—. Tenemos tres budistas, una chica que sigue el menú halal y otra chica que intentó colarnos que solo comía *kosher*.

Arrugo la nariz.

—¿Por qué?

—Porque si comes *kosher* no consumes cerdo y no puedes mezclar lácteos con carne —explica Brais casi automáticamente y sin levantar la vista de la carpeta.

Asiento.

—Más tentador que los viernes sin carne.

—Sí, no intentes convertirte, porque serías la segunda con la misma idea.

—Tenemos pacientes muy aplicados —apostilla Julia, y me pide que me quite la sudadera—. Nada de bolsillos, lo siento.

—Pero hace frío.

Estamos en octubre y vivimos en la costa. Tiritaría igual en camiseta de tirantes, aunque tuviese más peso.

—No te preocupes, tenemos sudaderas sin bolsillos para regalar —me asegura Brais, que abre el armario a su derecha para ilustrar la afirmación—. ¿Quieres la de Bugs Bunny o la de los Broncos de Denver?

No sé quiénes son los Broncos de Denver, así que la respuesta es sencilla. Brais me ayuda a ponérmela y después me sube las mangas hasta los codos.

—Tienes que llevar las muñecas descubiertas.

Al reparar en la goma que llevo en una de ellas, me pide que la use para recogerme el pelo.

—¿Por qué?

—Algunos pacientes las utilizan para autolesionarse —me explica Julia.

Entonces dejo de hacer preguntas. El chequeo de Brais, en cambio, continúa.

—¿Puedes dar la vuelta a los bolsillos de los vaqueros, porfa?

Lo hago, e inmediatamente se vuelve de nuevo hacia el armario para entregarme un par de calcetines con suela de goma.

—Nada de botas o zapatos cerrados, lo siento.

—Como en un aeropuerto.

—Más o menos.

No se me ocurre qué más podría ser sospechoso en mi aspecto, pero Brais retrocede un paso para comprobar una última cosa. Julia, que sigue sentada y con mi historial médico frente a ella, aprovecha el momento de silencio para añadir:

—Puedes decirnos hasta tres alimentos que no te gusten y haremos todo lo posible para no incorporarlos en tus comidas.

Casi sonrío. No me esperaba tener tanto poder aquí dentro. ¿Tres alimentos?, ¿de elección propia? La adrenalina me burbujea en las venas.

—Queso…

Julia baja los párpados.

—No tienes que tomar queso. Ya sé que eres intolerante a la lactosa.

—No me gusta el queso de mentira —preciso mientras Brais comienza a tomar nota—. Margarina. —Los enfermeros intercambian una mirada—. No me gusta la textura, ¿vale? Y… eh… arroz.

Brais arquea una ceja.

—Al menos eso tiene algo más de humildad.

Julia es más seca.

—Te he preguntado qué alimentos no te gustan, no qué alimentos te dan miedo.

—Pero no me gustan de verdad —me defiendo, a lo que Brais emite un ruidito explosivo por la nariz—. ¿Solo me creeréis si os digo cosas como brócoli y coliflor?

—O anchoas, aceitunas, atún, coles de Bruselas, huevos cocidos, mostaza, pepinillos, mayonesa… —recita Brais—. Todo eso resulta creíble.

—Vamos a intentarlo otra vez —me propone Julia—. Tres comidas que no te gusten.

Me muerdo las mejillas. Todas. Ninguna. Hace mucho tiempo que no pienso en estos términos. Cualquier sabor puede resultarte emocionante cuando es el único alimento que te permites comer. Cualquier plato puede producirte náuseas si piensas en él durante el tiempo suficiente (imaginas rebanadas mohosas para no servirte una tostada, convocas el olor de los huevos podridos para rechazar la tortilla de tu madre…).

—Mayonesa —susurro, como un niño que le copia los deberes al de al lado—. Salmón. Y arroz.

Me aferro a este último porque el arroz estriñe y estoy desesperada.

Julia arquea una ceja.

—No me gusta de verdad. Podéis darme pasta o patatas en vez de arroz.

La pasta —y las patatas, si son fritas— tiene más calorías que el arroz, así que se zanja el asunto.

5

Planta tres

Brais me conduce por un laberinto de pasillos blancos-azules-amarillo bebé. El tiempo se detiene. Nos movemos entre gelatina; no podemos verla, pero sí sentirla, tirándonos de los pies hacia abajo. Me da miedo la comida. Me dan más miedo las chicas —porque, seamos sinceros, la mayoría serán chicas— con las que voy a compartir la terapia. Me mirarán, los ojos enormes y febriles, y se preguntarán qué hace una chica como yo en un sitio como este —«¿Lo tuyo te parece difícil? Espera a ser como nosotras»—. Estirarán unos brazos de alambre hacia mí y pellizcarán con dos dedos como ramitas la capa de grasa que me recubre los huesos.

Mientras caminamos y me tiro de los padrastros del dedo índice, Brais me explica las normas básicas.

- Comer todo lo que te pongan en el plato y solo lo que te pongan en el plato (entrante, plato principal y postre; pan incluido en el precio, muchas gracias).
- Nada de levantarse mientras se come, ni durante los treinta minutos siguientes.
- Se puede ir al baño únicamente en caso de urgencia,

y acompañada de una enfermera que observará cada movimiento, porque entre estas paredes no tienes derecho a mear con la puerta cerrada.

- No puedes cortar la comida en trozos pequeños.
- No puedes utilizar boles ni cubiertos de postre.
- Nada de electrónica en la mesa, a no ser que ganes privilegios.
- Los privilegios se ganan cuando te portas bien —léase: comer—, el más codiciado de ellos es escoger tú mismo el menú entre las opciones que se te presentan.

—Pensaba que estaba aquí para aprender a comer como una persona normal —le digo a Brais.

—Define «normal».

—¿Alguna vez has meado con la puerta abierta y un esbirro analizándote el pis?

—No estando sobrio. Pero tampoco he intentado borrarme del mapa a base de no comer. —Me sonríe—. Estarás bien, Zoe.

El comedor se parece a los restaurantes de los hospitales, pero sin familias y sin los ruidos agudos de las tazas de café que caen sobre los platillos. Hay una chica sentada en el suelo —delgada y arrugada, como una niña que envejeció muy pronto o una anciana a la que se le olvidó crecer—, gritando que es injusto que le hagan comer; por lo demás, el silencio es casi ceremonial. Hay sillas vacías y mesas en las que los suspiros se sientan como un comensal más, enfermeras con ojos de águila y pacientes que sostienen el peso del mundo en la palma de la mano.

Mi grupo es el cinco, significa que mientras esté por aquí

compartiré las comidas y las sesiones de terapia con los mismos pacientes.

—Son gente legal —me asegura Brais, aunque supongo que está obligado a decirlo.

«Tienen un trastorno alimentario, es decir, son unos embusteros que han perfeccionado el arte del engaño. Estoy seguro de que eran bellísimas personas antes de acabar aquí, pero ahora mismo no te conviene buscarles las cosquillas, porque eso de que el hambre causa mala leche no es menos cierto cuando tu hambre es a largo plazo».

—¿Cómo están los máquinas? —dice Brais a las cinco personas sentadas a la mesa ante la que nos acabamos de detener—. Esta es Zoe, tiene diecisiete años y le gusta jugar al hockey.

—No me gusta jugar al hockey —me veo obligada a corregir.

Hay cinco pacientes frente a mí. No forman una masa homogénea que pueda relacionar con la típica imagen de los trastornos alimentarios. Parecen muy distintos entre sí, y solo dos de ellos —Marina y Marcelo— harían saltar las alarmas, de estar en cualquier otro lugar:

- Marina es negra —por algún motivo, la gente suele creer que solo las personas blancas sufren trastornos de la alimentación, pero no es así— y, probablemente, la persona más delgada de la mesa. Tiene las piernas largas y finas, casi como las de una muñeca, y ojeras profundas bajo unos párpados espolvoreados de purpurina.
- Marcelo es el único chico de la mesa. Soy incapaz de descifrar su edad. Por momentos me parece que po-

dría ir al instituto, como yo, y por momentos hay algo en su expresión indiferente que lo hace parecer mayor. Parece que carezca de la consistencia suficiente para ser humano.

- Ro tiene pinta de ser de mi edad, aproximadamente, también nuestros cuerpos son parecidos, aunque ella es bastante más alta. Tiene el pelo rubio oscuro, rizado y larguísimo, una auténtica rareza en un sitio como este, en el que la mayoría hemos añadido a nuestra rutina diaria la inspección de los espacios cada vez más vacíos en nuestra cabellera.
- Las otras dos comensales, Ana María y Helena, son adultas. Ana María es delgada, aunque no de una manera inmediatamente obvia y preocupante; luce un bronceado sospechosamente perfecto para la época del año, y va vestida como una diva divorciada en un crucero. Helena, por otro lado, lleva el pelo corto y de un rubio muy brillante. Es considerablemente mayor que yo y que la mayoría de los presentes.

Mientras observo a los demás, Brais me mira con el ceño fruncido.

—Creía que te habías hecho el esguince jugando al hockey.

Ro pone los ojos en blanco y se aparta un mechón larguísimo y rubísimo de la frente. Me percato de la palidez de sus cejas, que casi se confunden con la piel. Me recuerda a la Mona Lisa, si la Mona Lisa tuviese la expresión de alguien que acaba de salir de su primera sesión de control de la ira.

—Que no le guste el hockey explica la lesión, Sherlock

—resopla, la voz grave y áspera como la de esas cantantes *grunge* de los noventa.

—Sé buena con la nueva, Ro. Y conmigo. Soy el hombre que decide si ganas algún privilegio al final de la semana.

Ro entrecierra los ojos, tan oscuros que parecen contener todos los secretos del universo.

—Julia es «el hombre» que decide si gano privilegios.

—¿Y quién crees que le cuenta a Julia todos los secretos?

Ana María —pañoleta verde sobre el corte Bob y una camisa larga y vaporosa a pesar de que estamos en octubre— prorrumpe en una risotada seca.

—Eres como Randall chivándoselo todo a la señorita Finster.

Brais fuerza una sonrisa y apoya los codos frente al plato de la chica mientras yo tomo asiento.

—Reina de Saba, solo tú, yo y Helena... —Señala a la rubia de pelo corto— hemos entendido esa referencia. Admítelo, estos chavales nunca han tenido que rebobinar un casete con un bolígrafo —apunta, mientras Ana María lo fulmina con la mirada—. ¿Por qué no me ayudas a que Zoe tenga un buen primer día?

—Bueno, no me acuerdo de *mi* primer día, así que...

Helena ahoga una risotada.

—Tienes un par de primeros días entre los que elegir.

—Dijo la sartén al cazo.

Ante esto, Brais suspira, moviendo la cabeza de lado a lado.

—Mantened siempre alta la moral, ¿eh? —Se sienta frente a Marcelo, el chico de mirada perdida—. ¿Cómo está mi persona favorita de la mesa?

Marcelo alza la barbilla en su dirección, pero no dice nada. Es el único que tiene el plato intacto; la comida, como insectos en ámbar frente a él. Su silencio no desanima a Brais, que enseguida le comenta los resultados del partido de fútbol y los episodios de la serie de Netflix a la que se ha enganchado y...

... y su voz se funde al negro cuando aparece Julia y deposita una bandeja humeante frente a mí.

—No te sirve de nada escupir la comida en la servilleta o escondértela en el pelo, ¿eh? —me recuerda—. Nos sabemos cada uno de los trucos, así que será más fácil para todos que no intentes nada, ¿vale?

Separo los labios para contestarle, pero no es mi voz, sino la de Ro, la que corta el ambiente como un cuchillo demasiado afilado.

—Lo ha captado, Mussolini.

Julia no reacciona ante su ataque verbal.

—No creas que no me doy cuenta de lo que estás haciendo con la salsa, Rocío. Tendrás que mojar los restos con el pan para dejarlo todo limpio, ¿eh?

Ro la imita con gestos cuando se aleja.

—Dios, es como mi entrenadora, pero más...

Ana María no la deja terminar la frase:

—Cierra el pico, ¿quieres? Me estás levantando dolor de cabeza.

Ro le dirige la sonrisa más afilada y glacial que he visto hasta ahora.

—No te preocupes, estoy segura de que Brais puede quitarte ese dolor de cabeza muy pero que muy bien.

Ilustra la afirmación con el gesto grosero más comúnmente visto en las duchas de un equipo de fútbol y en las clases de segundo de la ESO. Por eso Ana María le hace un corte de mangas.

Brais, quien aún intenta que el chico hable, finge no haber oído nada. Helena alza la vista de los tres guisantes que ha clavado en el tenedor.

—¿Por qué no lo dejas en paz? Ya tiene bastante con ganar el sueldo mínimo para hacer de niñero a capullas como tú. Es parte del sistema, no el sistema.

—Un discurso precioso, camarada Stalin.

—Gracias, pero soy maoísta.

Quiero levantarme. Quiero tirarle la bandeja encima a Ro o a Helena o a Ana María, solo para que se callen. Quiero irme. Quiero irme a casa.

El filete brilla con los restos de aceite/la sangre/un líquido transparente que no logro identificar. Está tan duro que necesito una fuerza hercúlea para cortarlo/está tan blando que incluso los cuchillos para niños que nos han dado lo desmenuzan con facilidad. Una piscina roja baila en el plato cuando separo el primer trozo y pincho una patata.

No puedo hacerlo. No quiero hacerlo.

Levanto el tenedor. Pesa una tonelada. Pesa lo mismo que este cuerpo.

«Anorexia atípica».

Muerdo la primera patata frita. Hace meses que no me permito comer una —la última vez, en IKEA, cuando fui con mamá a comprar la silla para mi escritorio; el número de calorías en la carta me pareció lo bastante pequeño como para justificar semejante placer—. Es salada y aún está caliente, la piel cruje cuando la muerdo.

«Sabe demasiado bien».

Si tomo una más acabaré justificando una tercera, y para

cuando me dé cuenta ya no quedará ni una en el plato. Me acostumbraré a no tener ese espacio siempre vacío en el estómago, ese agujero imposible de llenar. Al introducir alimentos en él —la carne aceitosa y cada vez más dura, la miga de la barrita de pan individual—, otras cosas acabarán entrando también, demandando toda mi atención. Si como, todos los sentimientos y las preocupaciones que el hambre ahoga entrarán a tropel. Seré una chica de verdad, en el mundo, y eso nunca se me ha dado bien.

Dejo que el tenedor caiga sobre el plato
causando un ruido
imposible.

Seis pares de ojos caen sobre mí. No, más. El comedor entero me está observando.

«¿Qué está haciendo esta chica aquí?».

«Mira sus piernas/mira sus brazos».

«¿Está fingiendo para llamar la atención?».

Ojalá nunca hubiese intentado curarme. ¿Sabes lo que me costó llegar a tal punto de delgadez?

Brais, que ha dejado de intentar que el chico gris de nuestra mesa hable, asiente mientras me mira.

—No pasa nada —me asegura, la voz dulce y baja—. Puedes con ello. Tienes cuarenta y cinco minutos.

Cuando era pequeña, la mayor preocupación de mis padres era que me terminase el plato antes de que me llevaran a las clases de la tarde. En esa hora y media libre tenía tantas cosas que contarles que no me daba tiempo a hablar y comer a la vez. Ahora podría gastar cinco minutos solo pasando un guisante de un extremo al otro del plato.

—No puedo.

Marina pone los ojos en blanco.

Brais no se deja convencer.

—Claro que puedes.

—Es demasiado —insisto.

Delante de mí hay un yogur —de limón, mi favorito—. Podría con él. Podría comerme el yogur y un cuarto, no, la mitad del filete. Podría tomarme el pan, también, bocado a bocado, hasta que me dejaran marchar.

—¿Qué pasa si no me lo termino todo en cuarenta y cinco minutos?

—Te dan un batido, pero no te lo recomiendo —sisea Marina, que evita mirarme.

—Tienen más calorías —explica Ro.

Brais niega con la cabeza.

—No se habla de calorías en la mesa.

—¿Qué? Estoy siendo sincera. ¿No es mejor que se termine lo que hay en el plato?

Brais la ignora.

—Pasito a pasito —me dice—. Con el tiempo se hará más fácil.

¿Cómo explicarle que eso es precisamente lo que me da miedo? Cuando mides los días en base a las calorías que comes y a cuánto tiempo queda para llegar a tu meta número uno, no hay cabida para mucho más. Estoy demasiado cansada para tener *hobbies* más allá de ver las mismas películas y series y de ponerme mascarillas de colores en la cara con la esperanza de que la piel se me vuelva menos gris y acartonada. He apartado a todos mis amigos y no hay forma humana de que saque la altísima nota de Selectividad necesaria para entrar en Periodismo. Solo soy una chica que no come, el espacio cada vez más grande entre mis piernas, los dedos acariciando las clavículas salientes. Me aterra descubrir a la Zoe de verdad que se esconde debajo de todo eso.

Un llanto bajo me crispa la espalda. Me llevo una mano a la mejilla instintivamente, pero no soy yo quien llora, sino Marina, que clava los codos sobre la mesa.

—Me está poniendo nerviosa —rechina.

Helena, a su lado, sacude la cabeza.

—Tía, es su primer día.

Ro lame los restos de salsa de su tenedor.

—Sí, el tuyo fue peor.

—Es injusto —añade Marina—. ¡Es injusto! ¿Por qué me hacéis subir más? Soy de constitución delgada.

Nadie tiene ánimos de entrarle al trapo.

—¡Tenía el peso perfecto! ¿Por qué no me dejáis en paz?

Grita y sacude los brazos, la mesa temblando bajo el poder de sus palabras. Mastico el trozo de carne una, dos, tres, cuatro, cinco, seis, siete, ocho, nueve, diez veces. Brais me mira. Trago.

Aunque me han quitado el móvil, me pongo los cascos inalámbricos para ahogar los rugidos de mi vecina.

Me meto una patata en la boca.

Uno, dos, tres, cuatro, cinco, seis, siete, ocho, nueve, diez, once, doce, trece.

Trago, ayudándome de un sorbo de agua. Tengo que ser estratégica, pues solo nos permiten un vaso. Aniquilar el hambre con líquidos está prohibido aquí.

Me empiezo a tirar del padrastro del pulgar izquierdo mientras pincho un trozo más de carne. Gradualmente, los acordes de guitarra de una canción que me resulta vagamente familiar se vuelven más y más fuertes en mis oídos. Alzo la barbilla. Ro, que ya ha terminado y claramente se ha ganado el privilegio de usar el móvil durante los treinta minutos de inactividad obligatorios, arquea los labios en una casi-sonrisa.

And now I know how Joan of Arc felt.
Now I know how Joan of Arc felt.

6

Pasos

¿Has escuchado alguna vez eso de que la cárcel transforma en criminales profesionales a aquellos que han cometido un error? Bueno, ocurre algo parecido con los hospitales de trastornos alimentarios. Entras siendo una chica con un par de mecanismos de defensa en el bolsillo y sales con todo un arsenal de trucos para aparentar que te estás recuperando cuando en realidad no es así.

—Es la universidad de los TCA —sisea Ro, lamiéndose el brillo de labios sabor cereza.

Irónicamente, el personal es el primero en darnos ideas. Por lo visto, todas sus normas entrañan un razonamiento: tenemos que arremangarnos para que no quepa la posibilidad de esconder comida en los puños de la sudadera —es el mismo motivo por el cual no se permiten las botas altas y por el cual debemos dar la vuelta a los bolsillos—; solo se nos da una servilleta —posteriormente inspeccionada a conciencia— para que no escupamos en ella lo que nos metemos en la boca; tenemos que recogernos el pelo porque las chicas que han logrado mantener una melena voluminosa escondían el pan entre los rizos. Otras normas, como la de no usar boles, resultan más difíciles de comprender.

—Dicen que es una conducta desordenada —explica Marina, la voz todavía pastosa por las lágrimas.

Ro resopla.

—Es una gilipollez.

Y Helena, levantando la vista del portátil —privilegios—, añade:

—Algunos estudios afirman que la anorexia es un tipo de autismo.

Ro entrecierra los ojos.

—¿Tu doctorado es sobre eso, profesora Lenin?

—Santas medievales que ayunaban. Se las considera las primeras anoréxicas, porque, ya sabes, al contrario de lo que Hollywood y el telediario puedan sugerir, no es un trastorno exclusivo de la clase media-alta. Y ya te he dicho que soy maoísta.

Ana María suspira y se baja el pañuelo de la cabeza para que le tape también los ojos.

—No me sorprende que las primeras anoréxicas fueran santas. Una vez me comí una chocolatina después de un ayuno de cuarenta y ocho horas y me pareció ver a Dios.

—¿Cuál? —le pregunta Marina.

—Jesús.

—No, la chocolatina.

—Ah. Un KitKat de fresa. Me compré una caja de diez, por ocho noventa y nueve en un supermercado asiático y disfruté de cada céntimo.

La media hora de espera antes de que nos dejen marchar alcanza para conocer no solo sus comidas favoritas y opiniones sin censuras sobre el tratamiento, sino todo lo demás.

A sus veintisiete, Ana María es la mayor de nuestro grupo, aunque ni por asomo del hospital —en el comedor hay pacientes de todas las edades, como la mujer de cincuenta y dos años que hace punto de cruz en el grupo tres—. Le diagnosticaron anorexia nerviosa a los dieciséis. Tras la primera recuperación, a los diecinueve, tuvo un «breve idilio» —palabras suyas, no mías— con la bulimia. Durante años combinó meses de casi normalidad con meses de restricción cuando su peso subía; el estrés de la pandemia y del trabajo —secretaria en una revista de moda que definió «como *Vogue*, pero con menos caché»— la hicieron refugiarse en antiguos comportamientos y ahora compartimos diagnóstico.

Helena tiene veinticinco. Le diagnosticaron anorexia atípica a los trece —cuando todavía la llamaban «trastorno de la conducta alimentaria no especificado»—. Empezó a restringir la dieta porque tenía sobrepeso, de su entorno recibió palabras de ánimo y felicitaciones «por poner su salud en primer lugar»... Hasta que se desmayó en clase de gimnasia y la verdad salió a la luz. Durante la recuperación, al volver a probar tras tanto tiempo sus comidas favoritas, la anorexia se transformó en atracones cada vez más frecuentes que terminaron por convertirse en un trastorno diagnosticable.

—Los médicos creen que las historias de anoréxicas que mueren de noche de un ataque al corazón son los cuentos de terror que arrancarán el trastorno de una chica a base de miedo —dice—. Es mentira. Yo soy ese cuento de terror. Claro que, por desgracia, hace falta algo más para sacar a la chica del trastorno, o el trastorno de la chica.

Ninguno de nosotros tiene la poca decencia de mentirle a la cara.

—¿Sucede a menudo? —me veo obligada a preguntar.

—Los atracones, sí —dice Ana María—. Que se conviertan en un trastorno, no —suspira—. Os juro que todavía puedo sentir en la lengua el sabor de mi primer atracón durante la recuperación. Un paquete de galletas María, mientras estudiaba para los finales. Si el KitKat de fresa me hizo ver a Dios, esas putas galletas me hicieron sentir como si *fuese* Dios.

Ro le sonríe.

—Y yo que pensaba que ese era tu estado habitual.

Marina tiene quince años y anorexia a secas —sin apéndices molestos—. Hace dos semanas que salió de un ingreso y pasó al hospital de día. Es «casi famosa» —según su definición— en TikTok por hablar de sus experiencias con la enfermedad, pero el doctor Herrera no le permite usar su cuenta hasta que alcance el normopeso.

—¿Qué piensa, que cortarme la vía de comunicación con los únicos amigos que tengo me motivará? Mis padres y él actúan como si enseñara a la gente a estar enferma solo por hablar de cómo me siento.

—Es muy hipócrita —apostilla Ana María—. Como cuando en los telediarios hablan de los foros de proana como si solo fueran un cursillo avanzado de anorexia, cuando la mayoría de la gente que los usa solo busca charlar con otras personas que estén pasando por lo mismo. He oído cosas más dañinas de las mujeres de mi oficina, que hablan de la operación bikini, que en cualquier foro de proana.

Mucha gente cree que los rincones de Internet en los que se refugian las personas con un TCA son un recuerdo, algo de los dos mil.

No es así. Siguen existiendo, en TikTok, en Twitter, en cuentas privadas de Instagram e incluso en los típicos foros de toda la vida. Ya no se refiere todo el mundo a la anorexia como «Ana» y a la bulimia como «Mía», porque esos «apodos cariñosos» sí que son un recuerdo molesto del pasado; sin embargo, las comunidades continúan ahí.

Ro tiene mi edad —diecisiete años— y, hasta la primavera pasada, era gimnasta. Todo el mundo esperaba grandes logros de ella. La selección. Los mundiales. Los Juegos Olímpicos. Al llegar la pubertad, su cuerpo creció y llenó un molde no compatible con sus sueños, de modo que hizo lo que mejor se le daba: ser disciplinada. Aquello la llevó a descubrir que hay un «demasiado delgada» incluso para la gimnasia —el momento en el que estás demasiado cansada como para desplegar todo tu potencial—, así que empezó a comer. Durante un tiempo creyó haber dado con la fórmula mágica para disfrutar de la comida y mantener los estándares corporales requeridos en su deporte, pero su madre acabó llevándola a la consulta del doctor Herrera, de donde salió con un diagnóstico con nombre y apellidos: bulimia nerviosa.

El chico gris al fondo de la mesa se llama Marcelo y tiene catorce años, aunque, como he dicho, aparenta muchos más. No come y no habla, a pesar de que Brais le dedique sus mejores esfuerzos. Está muy cerca del índice de masa corporal de ser ingresado. Parece comprender el mundo mejor que el resto de nosotros.

El Ice Café, la cafetería de la pista de hielo municipal en la que papá trabaja de bedel, tiene una energía distinta, ahora que estoy aquí por obligación y no por decisión propia (el ruido blanco es mejor que el de cualquier Starbucks).

En el trayecto en coche, papá me pregunta cómo me ha ido. Le digo que bien, pues resulta más fácil para ambos.

Antes de dejarme en la cafetería, me permite escoger la merienda de entre la lista de sugerencias del doctor Herrera (me decanto por la barrita de cereales, así será más fácil esconder las pruebas del crimen). Debe de haberle dicho a la camarera que no me venda café, porque cuando pido mi americano habitual sacude la cabeza y me dice:

—Lo siento, guapa. Tu padre me ha contado que te han subido la medicación del TDAH.

Es una mentira piadosa, pero durante la primera hora de estudio no deja de arañarme la cabeza. Quizá se avergüenza de mí. Quizá piensa que, si admite la verdad, todos aquí lo juzgarán y decidirán que es un mal padre por no lograr que su hija cumpla las funciones más básicas de la vida. Una chica cuyo cerebro está programado de una manera distinta es posible de aceptar, pero ¿una chica que lame los paquetes de estevia de cero calorías hasta que los márgenes del mundo se difuminan? ¿Pueden despedirte porque tu hija adolescente se niegue a comer?

Me duele demasiado la barriga como para concentrarme en la dictablanda de Berenguer, en la traducción de *Medea* o en el análisis del *Romancero gitano* de Lorca. Cuando no comes, el cuerpo se alimenta de adrenalina pura y puedes verlo todo con más claridad; podría hablar latín con fluidez si tuviese el estómago vacío o presentarme ya a Selectividad y sacar la nota más alta de España. Si me dejaran tranquila, encontraría el punto mágico entre comer tan poco que solo tienes la energía necesaria para moverte a cámara lenta y restringir lo suficiente para que las zonas blandas del cerebro se iluminen y puedas ver a Dios.

Abro el diccionario de latín y tengo que repasar el abecedario mentalmente para encontrar el camino. Tengo el abdomen hinchado y duro como un balón medicinal; el estómago se me sacude tanto que los restos de la comida me vuelven a la boca, pero no me serviría de nada ir al baño. Mi cuerpo ya ha absorbido las calorías, y sería solo cuestión de tiempo que alguien le dijese a papá que he ido a vomitar. Trago esa papilla de nuevo, ayudándome con un sorbo de Sprite *light*.

Intento concentrarme en el ruido blanco de la pista. Los cuerpos de los jugadores de hockey, chocando contra las barreras. Las risas de las niñas que se hacen trenzas de espiga las unas a las otras antes de empezar a entrenar. El golpeteo sordo de los protectores de peluche de las cuchillas contra el suelo de metal.

Quizá debería pedirle a papá que me enseñara a conducir la pulidora de hielo. Si me bloqueo en Selectividad y no logro entrar en ninguna carrera, puede que le suponga un alivio que trabaje aquí con él.

Un vaso de papel aparece junto a mis deberes de Latín. Hace un plof al depositarse sobre la mesa y por un instante me parece que he perdido el juicio por completo. Después oigo los retazos de una conversación cada vez más baja —«Barbeito me odia»/«Barbeito te tiene más miedo a ti que tú a él»/«Es un profe de Prehistoria, no un oso»—. Al alzar la barbilla veo a los tres jugadores de hockey sin equipo alejándose hacia la pista.

El rubio —Rubén— da un último sorbo a una botellita de Fanta de limón —112 calorías— antes de lanzársela al pelirrojo —Jorge, que todavía sigue hablando de su profesor de Prehistoria— para que la atrape al vuelo y se la termine por él. El moreno —Gorka— estira los hombros una última vez y les pregunta si tienen los apuntes de Medieval, porque estamos en octubre y él ya va de culo y sin frenos.

Me sumerjo de nuevo en la traducción de *Medea* antes de que se den cuenta de que los estoy mirando. Cuando oigo el sonido inequívoco de tres pares de patines rayando el hielo, me acerco el vaso a la nariz. Es café. Para ser más concretos, mi americano habitual. Normalmente me levantaría a echarle canela y nuez moscada, pero no quiero que nadie sospeche, así que lo escondo tras la montaña de apuntes y lo voy bebiendo a sorbos muy, muy lentos. En el protector de cartón, Rubén ha escrito:

¡Lo siento otra vez por haberte arrollado el otro día!

¿Aceptas esto como ofrenda de paz? Me ofrezco también a firmarte la escayola, pero no sé si eso cuenta como recompensa o como castigo.

R.

P. D.: Es increíble lo realistas que son hoy en día las prótesis de brazo y lo rápido que te has recuperado de la amputación :)

Voy a matar a Emi.

Rubén está patinando hacia atrás y riéndose de algo que Gorka, el moreno de los rizos complicados, ha dicho, las mejillas enrojecidas por el frío/la risa/ambos. Cuando mira hacia mí, me concentro de nuevo en el papel cuadriculado que tengo enfrente y en el caos de declinaciones capaces de cambiar el significado de una frase entera. Cuando se aleja hacia el otro extremo de la pista, saco el móvil de la mochila y acepto su solicitud de seguimiento en Instagram.

zzzzoe___

es una venda, no una escayola

Dedico más tiempo del que me gustaría admitir a elegir un emoji. Me parecen o demasiado infantiles o los típicos que utilizaría una mamá en Facebook al compartir la engañifa de la semana con sus seguidores —«¡Aceite de serpiente para no envejecer!», «¡Zumo de limón y vinagre por las mañanas para fulminar la grasa de las cartucheras!»—. Al final, decido que ninguno de ellos corresponde a la opción más segura, pero entonces me parece que mi mensaje tiene la energía de un negocio que te agradece haber confiado en sus productos.

Rubén frena y hurga en los bolsillos del chándal hasta dar con el móvil.

Mierda.

r.pl__
escribiendo...

Hundo la cabeza en el texto de Latín hasta que me parece que el espíritu de Séneca me susurra cosas al oído. Estoy enrojeciendo tanto y tan rápido que quemaré el papel con la piel de un momento a otro.

r.pl__
Estoy dispuesto a firmar vendas :)
A no ser que la tinta sea tóxica y te conviertas
en una mutante, claro
Ya tengo _bastante_ que explicarle a tu padre
con todo el asunto de la amputación :/

Siento físicamente que me está mirando, así que me empiezo a inventar la traducción de *Medea*. Cuento hasta sesenta, no, ochenta.

Rubén no utiliza emojis, sino que escribe los símbolos directamente en el teclado. Al contrario de lo que hago yo —que considero las minúsculas más agradables a la vista—, veo que él sí utiliza mayúsculas.

Dios. Esto es lo que me está haciendo la comida.

zzzzoe___
gracias por el café!

Pero sí coincide conmigo en no caer en el paripé de contar los segundos antes de responder para que no parezca demasiado ansioso. *No parece* demasiado ansioso, de todas formas, está con el codo apoyado en las barreras, haciendo equilibrios sobre el filo trasero del patín.

Es injusto que los chicos lo tengan tan fácil para ser *guays*, mientras que ser chica debería venir con un manual de instrucciones.

r.pl__
Es lo mínimo que podía hacer :')
Si vas a venir mañana _quizá_ no tengas que pedirte uno (sugerencia sin ningún tipo de intención detrás) (igual puedo ver el futuro)

Aparto el móvil con dos dedos. Por el rabillo del ojo veo sonreír a Rubén. Aunque no quiero, los pensamientos afilados de siempre me empiezan a escarbar el cerebro. A lo mejor solo me está tomando el pelo, como ese chico de sexto que de broma me pidió salir cuando yo iba a cuarto. A lo mejor conoce a alguien en mi instituto. A lo mejor ha escuchado que tengo prohibido tomar café y mañana por la mañana todos en clase estarán cuchicheando al respecto.

r.pl__
(Añado que PUEDES aceptar el café sin aceptar la compañía)

O a lo mejor está siendo sincero. De alguna manera, eso es peor.

zzzzoe___
ay, gracias, pero de verdad que no tienes
que invitarme a más café! :/

Me doy cuenta de que acabo de copiarle el emoji. Del uno al diez, ¿cuán penoso es este pensamiento? Dios.

r.pl__
Indemnizaciones?
No creo que una amputación se salde solo con un café aguado (opinión de mi colega Jorge, que es el verdadero esnob del café de esta pista de hielo)

zzzzoe___
no es una amputación de verdad
y el americano es un café perfectamente aceptable. sabías que lo llaman así porque era lo que bebían los soldados americanos en la segunda guerra mundial?

r.pl__
Estoy en shock
Mi vida es una mentira
(¡Y NO sabía eso! Lo cual es un poco patético porque estudio Historia, pero bueno)
(Siempre he sido más un chico de Historia Antigua que de Contemporánea)

Podría continuar así durante el resto de mi vida, pero la conclusión lógica sería una conversación cara a cara, y tengo la manía de suspender ese tipo de interacciones. Rubén se acercaría, me firmaría la venda y diría algo muy interesante ante lo cual me quedaría en blanco. Tardaría exactamente cinco minutos en darse cuenta de lo aburrida que soy y de que resulta imposible hablar conmigo, y los cafés desaparecerían junto con sus privados de Instagram. Al volver a casa se preguntaría por qué me masacré tanto las manos durante el rato que pasamos juntos —demasiado— y empezaría a contemplar si las rojeces en mis clavículas se deben al eccema o a ese tic que me obliga a tocarme los huesos para comprobar que siguen ahí.

Me vuelvo a guardar el móvil en la mochila. Tengo que aprobar todas las optativas para que mi media sea pasable. Jamás comprenderé el análisis sintáctico, y mi cerebro tiene una habilidad extraordinaria para recordar anécdotas históricas, pero es incapaz de retener fechas o nombres. La tutora quiere hablar de mis opciones, porque sabe que mis notas no concuerdan con mi potencial —odio esa palabra—.

Quizá podría estudiar en la UNED, pero eso significaría vivir en casa cuatro años más, suponiendo que fuera capaz de sacarme la carrera a la primera.

Rubén ya está patinando otra vez, con los movimientos rápidos y agresivos de los jugadores de hockey, como si no hubiera pasado nada.

Otra opción sería aprender un oficio, aunque siempre he sido negada para los trabajos manuales. Puede que en la empresa en la que trabaja mamá necesiten a una chica de los recados que haga fotocopias, que se encargue del correo y organice alfabéticamente el papeleo. Creo que eso se me daría bien.

O a lo mejor podría intentar concentrarme en los deberes frente a mí. Tal vez en los días de la Selectividad, la mano de Dios me acaricie el hombro y logre sacar una nota lo suficientemente alta como para escoger alguna carrera que me interese. Cosas más raras se han visto.

Todavía queda una hora para que papá me lleve al hospital —cenas a las ocho en punto, siguiendo las mismas normas que las comidas— cuando Rubén se inclina ante mi mesa y me pide permiso para escoger el color del rotulador con el que firmarme la venda. Aún lleva los patines de hockey puestos, y huele a chicle de menta y a chico.

—Sorpréndeme.

Coge uno color berenjena. Mientras escribe, me dice:

—No te envidio. Latín era brutal, tío.

Me gusta que utilice la palabra «tío» de manera neutra, no sé por qué.

—A Cristo vas a hablarle de clavos. Pensaba que se apuntaría más gente, con lo popular que se ha vuelto *Babel* de R. F. Kuang.

—Dímelo a mí. Éramos siete en la clase del año pasado. ¡Siete!

—Cinco.

—Uf. —Deja caer el rotulador junto a los demás; hace un ruido imposible—. ¡En fin! Al menos no tenemos que preocuparnos de que alguien asesine a alguien.

—El riesgo es bajo, pero nunca nulo.

La respuesta me parece vergonzosa en cuanto la digo, pero Rubén se ríe. Ya está caminando hacia atrás, y diciéndome adiós con la mano.

—¿Nos vemos mañana, entonces?

—Sí, quizá.

Aunque sé perfectamente que estaré aquí, porque Lisa ya tiene bastante con el teletrabajo como para que encima deba asegurarse de que su hijastra no se mata de hambre. Me miro el brazo vendado.

Espero que la tinta no sea tóxica :)

¡Ten un buen día!

R.

7

Chica, otro

—¿Es eso de tu novio?

De nuestro grupo, a las cenas solo tenemos que asistir Marina, Ro, Marcelo y yo. Helena y Ana María han pasado al siguiente nivel de tratamiento, en el cual solo te obligan a una comida supervisada al día.

Quien ha formulado la pregunta, por supuesto, es Ro, que me señala la venda con el tenedor. ~~(El aceite de la tortilla francesa goteando sobre las rodajas de tomate/sobre la lechuga/sobre los trozos de pepino demasiado grandes).~~

Arqueo una ceja.

—¿El qué?, ¿el chupetón del cuello?

—¡Ja! Sentido del humor. Te subestimaba.

—Craso error.

La cena es más ligera que el almuerzo, pero no deja de parecerme un desafío de proporciones homéricas.

Esparzo la tortilla por el plato e intento calcular cuántos huevos habrán usado. Es demasiado grande y jugosa para ser de dos, y cuatro me parece casi cruel. ¿Y a qué viene otro panecillo? ¿Toma la gente normal pan con todas las comidas? ¿Tomaba *yo* pan de pequeña? ¿Hubo un momento en el que prefería las baguettes con jamón serrano en vez de un par de lonchas de pavo en un panecillo integral? Incluso de niña, la segunda parecía ser la opción correcta que todos los demás aprobaban.

En las excursiones de primaria, todos los padres decían que era ma-ra-vi-llo-so que pidiese agua incluso cuando los refrescos contaban como opción y que me decantara por los sándwiches mixtos en vez de protestar y protestar y protestar hasta que mis padres me dieran un bocadillo de Nocilla «porque es un día especial».

—En casa prefiere patatas cocidas a fritas —decía mamá, casi sorprendiéndose de que *ella* fuese la madre afortunada.

Un par de años atrás tenía que reñirme para que me terminara todo lo que había en el plato, pero ahora era la niña mítica que solo existe en la imaginación de los adultos: la que siempre elige la opción sana del menú general en lugar de la pizza y los *nuggets* de pollo del menú infantil. Me gustaba cómo me miraban los adultos entonces, con esa mezcla de admiración y respeto, así que seguí comiendo como una chica de veintidós y no como una niña de once.

Dios. Siempre he sido así. Esto estaba predestinado.

—No te lo recomiendo —sisea Marina, señalando con el mentón mi tortilla desparramada—. Jugar con la comida te resta puntos, y si te dejas algo en el plato te darán un batido después, así que acabarás con dos cenas por el precio de una.

—Dios. ¿No se supone que estamos aquí para aprender a comer como la gente normal?

Es la misma pregunta que le hice a Brais esta mañana, hace ya mil años. La respuesta de Ro es otra:

—Estamos aquí para que dejemos de ser emergencias médicas, porque a nadie le gusta que una chica de diecisiete años tenga un ataque al corazón. ¿Por qué crees que las chicas como Ana María arrastran TCAs desde hace más de diez años? Si el presupuesto es limitado, ¿prefieres tener a diez chicas trastornadas pero vivas o a cinco chicas equilibradas y cinco muertas?

Marina se tapa las orejas con las manos.

—¿Te quieres callar? Tus chorradas me ponen peor. ¿Quién te crees que eres? Alguna gente se recupera *de verdad*.

Ro abre la boca para responderle, pero noto en su expresión que cambia de idea cuando la primera palabra ya está a punto de gotearle de la lengua venenosa.

—¿Entonces?, ¿es tu novio?

—No, solo un chico de la pista de hielo.

Mientras lo digo, mi móvil vibra desde la caja de plástico en la que Brais lo guardó junto al de Marina.

Ahora es Ro quien arquea una ceja.

—Un chico de la pista de hielo que quiere algo más de ti que desearte un buen día.

—Seguro que es mi madre, idiota. Tengo que pasar el finde con ella.

Sigue sonriente, como si fuese conocedora de un secreto ajeno a todos los demás, de modo que añado:

—Pero ¿a ti qué te pasa? Alguna gente es amable *de verdad,* no porque esconda algún tipo de motivación oculta.

Noto que Brais se acerca peligrosamente a nuestra mesa, así que reúno todos los trozos de tortilla y pincho el tenedor en uno para llevármelo a la boca.

Ro, por supuesto, no desaprovecha la oportunidad de llamar la atención cuando se le presenta en bandeja.

—Para muestra, un botón, ¿eh? ¡Oye, Brais! ¿Podemos firmarle la venda a Zoe?

Brais se vuelve hacia nosotros. La expresión, inicialmente de desconcierto, se relaja en cuanto repara en lo que le indica Ro. Veo… ¿orgullo? Como si hubiera dado Un Gran Paso. ¡Tengo un amigo que me ha firmado la venda! ¡Me están integrando en el grupo!

—Sí, claro. —Se nos acerca, ya sacándose el rotulador del bolsillo—. ¿Puedo firmártela yo también o soy demasiado carca?

Decirle que no sería como quitarle el globo a un niño de cinco años.

—Espiritualmente, creo que *yo* soy más carca.

—¡Ja! No creas que me pasa desapercibida la obra de arte que has hecho con la tortilla, Picasso. Pero si te lo comes todo podré fingir que no ha ocurrido nada. El primer día no es fácil para nadie, ¿eh?

Tras decirlo, se incorpora. Su letra parece muy grande y muy redonda, junto a la de Rubén, como si escribiese en Comic Sans.

Mañana será más amable :D
Brais

—Solo necesito saber cuántos huevos lleva la francesa.

Sacude la cabeza.

—Me confundes con Karlos Arguiñano. Soy tan negado para la cocina que en el kebab de debajo de mi casa no solo se saben mi nombre y mi pedido, sino que además lo tengo listo cada día a las diez y media porque saben que ahí estaré para recogerlo.

Ro entrecierra los ojos.

—¿La misma cena todos los días sin excepción? No sé,

Brais, a mí eso me suena. Creo que por aquí lo llaman «conducta desordenada» —lo desafía.

Él no honra su provocación con una respuesta. Le tiende el rotulador y se queda esperando a que firme, como si temiera que descargase la tinta sobre el plato de comida para no tener que terminárselo, algo que probablemente ha sucedido en algún momento.

Seguro que te arrepientes de estar aquí
Ro

Su letra es bonita y cursiva, del tipo que aprendes tras años de práctica, sudor, lágrimas y sangre. Brais no comenta nada sobre la frase, pero suspira mientras le da el rotulador a Marcelo. Por un momento me parece que será en vano, pero, tras un instante de duda, él me coge la mano con sus dedos largos y fríos y dibuja una carita sonriente junto a su nombre.

☺
MARCELO

Le sonrío.

—Gracias.

La letra de Marina es redondeada y alegre, de ese tipo que te hace pensar inmediatamente en las chicas más populares de cada curso. Tiene toda la pinta de haberlo sido, hasta que el trastorno se interpuso en su camino. Ser popular y llevar a cuestas un ingreso no parecen hechos compatibles; aunque puesto que no tengo experiencia ni con lo uno ni con lo otro, tal vez no sea la persona más adecuada para juzgarlo.

Me ha encantado conocerte ♡
Marina

Brais sonríe como si todos hubiésemos hecho Un Gran Esfuerzo. Me preocupa que saque los elementos necesarios para que nos entretengamos haciendo pulseras de la amistad al terminar la cena, pero finalmente retoma su ruta hacia las otras mesas. Cuando la espalda de Brais se hace lo bastante pequeña en la lejanía, Ro susurra:

—Tres. Se hace con tres huevos. Y nata. Por eso es tan blandita.

Un reguero de sudor frío me baja por la nuca.

—Soy intolerante a la lactosa.

—¿Y no sabes que hay nata sin lactosa? La del tetrabrik morado.

El tenedor se me escurre de entre los dedos. El sonido que emite al caer en el plato es tan alto que la ciudad entera debe de haberlo oído. Seguro que ha detenido el tráfico. Seguro que hay gente sacando los móviles y comprobando que no estemos bajo amenaza de un ataque nuclear.

—Así no se prepara la tortilla francesa —digo, las manos en constante temblor—. Los revueltos sí, pero la francesa…

—Ya, no estamos en el restaurante de *Ratatouille*. La comida no tiene que gustarte, solo debe hacerte subir de peso. ¿Por qué crees que Helena tiene un menú distinto al nuestro?

—Cállate —le pide Marina.

Sujeta el tenedor con tanta fuerza que temo que de un momento a otro se lo clave a Ro en el brazo.

Aparto el plato, aunque sé que Julia ya se nos está acercando, abriéndose paso como Moisés por el Mar Rojo.

—¡No es justo! —chillo—. ¿Por qué tienen que engañarnos? ¿Por qué no podemos comer como la gente normal? ¡Dios! Quiero irme a casa. Quiero irme a casa con mi madre.

Las lágrimas me resbalan fervorosas por las mejillas. Marina, a mi lado, también llora, la cabeza escondida entre las rodillas alzadas.

—¡Te odio! —le dice a Ro—. ¡Y odio esto! ¿Por qué no me ponen el tubo otra vez? ¡Odio comer! ¿No se dan cuenta? ¡Lo odio!

Julia emerge detrás de nosotras. Nos pone una mano —grande, cálida, inequívocamente humana— a cada una en la espalda. Nos acaricia mientras nos dice que todo irá bien, que no pasa nada, que vayamos bocado a bocado hasta que el plato esté limpio.

Cuando levanta la cabeza hacia Ro, su tono es distinto, la mezcla perfecta de decepción, pena y enfado.

—¿Por qué haces siempre esto, Rocío?

Ro es incapaz de ofrecerle una respuesta, pero cuando Marina y yo dejamos de llorar y Julia se marcha, me parece oírla decir:

—Yo también quiero irme a casa con mi madre.

8

Cómo funciona

Estoy demasiado hinchada e incómoda para dormir, de modo que me paso más tiempo del razonable editando el diseño de mi blog. Lo empecé durante la pandemia, pensando que sería como *Gossip Girl*, Carrie Bradshaw, *Vogue*, todas esas cosas analógicas de los dos mil que ahora se están poniendo de moda. Escribí sobre ropa, sobre salud mental —cuando aún significaba únicamente «cuidar de ti mismo mientras los engranajes del mundo se detienen»—, sobre activismo, sobre las cosas que observaba cuando fijarse en los demás era una actividad de la que todos, y no solo los introvertidos, éramos partícipes. Después, cuando la pandemia terminó y me dieron la beca para estudiar en Canadá, el blog se convirtió en una especie de revista que documentaba no solo mis estudios en el extranjero, sino la vida alrededor. Cuando en la clase de Ciencias Políticas nos mandaron investigar sobre los nativos canadienses, almacené tantas entrevistas en el portátil que pude escribir varios artículos al respecto. Me pasé semanas en las gradas de las pistas de hielo de Toronto, documentándome sobre niñas diminutas con sueños olímpicos. Hablé con mi familia de acogida sobre cómo había cambiado la ciudad desde su juventud. Cuando me llevaron de viaje a Nueva York, saqué una infinidad de fotos sobre las diferencias en *street style* entre EE. UU. y Canadá.

Ahora el blog es un cementerio. La Zoe que vivía en Toronto estaba incluso más delgada que yo y prometía grandes cosas para el futuro. Ahora miro todas esas entradas que *sé* que he escrito yo y me dan ganas de llorar porque soy incapaz de conectar dos frases o de dar con una idea que a alguien le interese leer.

Suspiro y dejo el portátil a un lado. Tengo tres mensajes privados en Instagram.

n_oa.06
tienes los deberes de inglés? no me entero de papa

zzzzoe___
claro

Tomo una foto de los apuntes y se la mando antes de apagar la luz, pues ahora mismo es lo único que puedo hacer para ser una buena amiga. A veces me gustaría que Noa, Alicia y yo nos hubiésemos peleado, o que nuestra amistad hubiera terminado de manera dramática y definitiva, en lugar de haberse enfriado progresivamente. Reconocerme como culpable no me hace sentir mejor. Sencillamente, una chica tiene un límite, y estar en compañía de una amiga que se siente triste a todas horas y que solo habla de comida cuando tú tienes tus propios problemas es una mierda.

Aun así, las echo de menos. *Nos* echo de menos.

Dios.

r.pl__
Por culpa de tu curiosidad sobre el americano llevo HORAS leyendo cosas sobre el café en Internet (hola, soy de esas personas) y, no vas a creértelo, pero HAY café en el espacio

r.pl__
La universidad de Portland ha creado una taza que cuesta QUINIENTOS DÓLARES, solo para que los astronautas puedan beber café de manera normal y no, bueno, de una bolsa

zzzzoe___
tbh si tuviese que elegir entre pagar 500 dólares por una taza y no beber café, pagaría los 500 dólares

r.pl__
SAME. Pero no soy un esnob del café, así que…

zzzzoe___
tu amigo jorge pensaría algo distinto?

r.pl__
Jorge cometería homicidio vehicular antes que beber café de una bolsa

zzzzoe___
sabías que en canadá venden la leche en bolsas de plástico???

r.pl__
NO lo sabía. ¿Cómo hacen para no desparramarla toda cuando la sirven? (A no ser, claro, que la beban directamente de la bolsa… Una decisión cuestionable que no juzgaré porque soy buena gente)

zzzzoe__
pues yo NO debo de ser buena gente, porque la juzgo. ponen la bolsa de leche en un embudo, y de ahí, a la taza (generalmente no de 500 dólares)

Rebusco en los archivos de fotos del móvil hasta encontrar una que ilustre mi descripción. Inmediatamente después, Rubén me manda una selfi con aspecto escéptico. Hay una infinidad de apuntes desperdigados por la mesa, él tiene manchas de tinta en las manos. Su habitación es como la mayoría de las que tienen los chicos, con las paredes beige y nada colgado —excepto una tabla de surf descolorida— que dé pistas sobre sus gustos o su personalidad.

zzzzoe___
muy dark academia, por tu parte

Enseguida me arrepiento de haber enviado un mensaje que equivale a dar la cara como persona crónicamente *online*. No sé si Rubén entiende de qué hablo o si es demasiado amable para hacerme sentir mal al respecto.

r.pl__
Muy tengo que repetirme cada cinco minutos que
me encanta mi carrera para no volverme loco (:

r.pl__
Esto me recuerda que debería ponerme a estudiar
EN SERIO si quiero dormir un poco, y esas cosas

r.pl__
(Está claro que acabaré perdiendo el tiempo, así que
ya te contaré el resultado de mis investigaciones)

Como no sé continuar con la conversación, hago una captura de pantalla de mi pestaña de procrastinación menos embarazosa: un artículo de la Wikipedia sobre desapariciones sin explicación.

r.pl__ Ah, sí, el clásico al que siempre vuelvo cuando
ya no tengo ideas ni para perder el tiempo, jaja.
¡En fin! Buenas noches :)

zzzzoe___
buenas noches :)

Inmediatamente mando una captura de pantalla de nuestra conversación a Emi, que esta semana ha empezado a quedarse en la biblioteca universitaria hasta que la cierren.

eminoestaenparis
😒😒😒😒

zzzzoe___
solo son privados de ig

eminoestaenparis
😒😒😒😒 tengo que investigar

zzzzoe___
por favor, NO

eminoestaenparis
en cuanto un chico se mete en tus privados llega
el momento en el que tienes que hablar con chicas
con las que ha salido. para descubrir sus red flags.

zzzzoe___
ya, salvo porque no se ha metido en mis privados.
estoy bastante segura de que se siente mal porque le
patinó por encima a la chica rara de la pista de hielo

No voy a descartar la posibilidad de que papá lo haya parado en la pista de patinaje y le haya pedido que sea majo conmigo. Aunque tiene energía de *golden retriever*, papá puede dar miedo si no lo conoces —él dice que son las cejas; yo digo que es la constitución de jugador de hockey—. Y tanto él como mamá eran populares y guays en el instituto. Mi incapacidad de mantener más de uno o dos amigos debe de ser para ellos como descifrar la piedra Rosetta.

eminoestaenparis
ponte un outfit mono mañana, que tengo que sacarte
fotos para ig 😒

zzzzoe___

me voy a dormir

Esto significa que voy a hacer abdominales hasta que oiga sus llaves en la puerta, porque todavía *siento* físicamente toda la comida del hospital. Me toco las clavículas y los huesos de las caderas para comprobar que siguen ahí, pues me da la sensación de que mis muslos son tan blandos como dos tacos de mantequilla.

Si como, la Zoe de Antes volverá. No solo traerá consigo las cosas que echo de menos, como su ambición y optimismo, sino todo aquello que me hace odiarme tanto que a veces me gustaría sacarme de mi propia piel. No quiero volver a ser la chica que camina detrás en los grupos ni aquella a quien se le acercan los chicos para pedirle el usuario de Instagram de sus amigas. No quiero volver a ser la chica que se avergüenza de sus uñas, de su risa, de su postura y del timbre de su voz.

Y, puesto que aún no he aprendido a ser una chica distinta, no-ser se convierte en una perspectiva mucho más amable.

Paro cuando me dan calambres en las piernas. Para distraerme, abro la nueva solicitud de mensaje privado de Instagram. ¿Qué habré ganado esta vez?, ¿un iPhone o un código de regalo de SHEIN?

rocio.villanueva

seguro que te arrepientes de haber ido a terapia, eh? un hecho ineludible: vas a acordarte muy-muy bien de los primeros días, pero los siguientes serán grises y todos iguales. y un par de consejos: brais es el único que estará en tu equipo, pero va tan perdido como un pulpo en un garaje, así que no te aproveches o dejaremos de verlo en el comedor. no te sientes al lado de marina porque te tirará su comida al plato, y ni se te ocurra intentar que helena

se coma lo tuyo, porque su trastorno no funciona así.
si quieres pastillas o diuréticos (todas hemos estado ahí),
es tu chica, porque ninguna farmacia sospecha de ella

Hago clic en su usuario, pero se trata de una cuenta privada. La foto de perfil debe de ser antigua, pues es tan diminuta que se le ven los huesos del pecho; me recuerda a un xilófono. Me siento fatal por pensarlo, pero me parece que está tan guapa que, de haberla visto por la calle, me la habría quedado mirando fijamente sin darme cuenta.

Iré al infierno.

Le mando una solicitud. La acepta a los dos segundos.

zzzzoe___
por qué me cuentas todo esto?

rocio.villanueva
porque no soy tan zorra como piensas. y porque
el hospital de día es una putada. con todos los abusos de
un ingreso, pero sin que te metan un tubo por la nariz, eh?

zzzzoe___
ya, no se me ocurre algo peor que un ingreso, así que
olvídalo. algunas nos queremos recuperar de verdad

rocio.villanueva
es eso lo que les dices a tus padres?

zzzzoe___
es la verdad

rocio.villanueva
entonces intenta salir del hospital cuanto antes, porque
la enfermedad tiene garras y allí aprenderás todos los
trucos. si no me haces caso, un día te despertarás con
27 años y te convencerás de que todas las locuras que
haces son normales, porque ya te habrás olvidado de la
persona que eras antes de empezar

zzzzoe___
gracias por los ánimos

rocio.villanueva
ya te he dicho que no soy tan zorra como crees. un último consejo? herrera siempre dice que los porqués son una pérdida de tiempo, pero no tiene ni idea. si no descubres al menos un par de porqués, cada vez que tu vida caiga en picado volverás al trastorno

No sé si va en serio o no, así que le doy las gracias. Por si acaso. Después entro en su perfil. Al contrario que yo, ella ha conservado sus fotos antiguas, por lo que la página dibuja la línea del tiempo de su enfermedad: la gimnasta delgada y delicada se convierte en la chica más grande su equipo, se convierte en una réplica de las modelos eslavas de los dos mil, se convierte en la chica que he conocido hoy en la clínica.

Al menos uno de sus porqués parece fácil de adivinar. En un deporte en el que no solo el trabajo y las aptitudes determinan el éxito, sino también el cuerpo, los problemas con la comida son la conclusión casi inevitable.

Yo no podría encontrar ni un porqué. Nunca he tenido sobrepeso y nunca se han metido conmigo por mi cuerpo. Nunca se ha esperado de mí que tenga una talla específica. Siempre he sido maniática con la comida. Siempre he tenido problemas para comunicarme. Siempre he sido la rara, en todos los grupos. Mi lugar favorito siempre ha sido aquel en el que me digan que lo hago todo bien.

9

Sin salida

El viernes es día de terapia. Como tuvimos nuestra primera sesión con el doctor Herrera el miércoles, esta semana nos saltamos el peso y la sesión familiar.

En clase, solo ciertas personas —entre ellas, Noa y Alicia— me preguntan por las firmas de la venda; el tono de voz de algunas sugiere que piensan que las he trazado yo. Me encojo de hombros y les comento que estoy haciendo voluntariado.

—¿Dónde?

—En un banco de alimentos.

Mi subconsciente está obsesionado con conseguir un billete de ida al infierno. La mentira debe de funcionar, porque no preguntan más al respecto. Ni siquiera mis antiguas mejores amigas. La distancia entre nosotras es ahora insalvable.

Una parte de mí —la más oscura y pegajosa— casi quiere que sepan lo del hospital. Todos me preguntan cómo consigo burlar el hambre, cómo mantengo la disciplina. Hago cosas que nadie más hace.

Si dijese algo, sin embargo, la magia se rompería. Los cumplidos se transformarían en miradas de sospecha porque «X está más delgada que tú», porque «te vi comer pizza el otro día» y porque en el imaginario colectivo la anorexia solo viene en dos tallas: las modelos ultrapopulares que se vuelven famosas en TikTok y las chicas alternativas que pesan treinta y dos kilos y que han perfeccionado el arte del sarcasmo.

¿Qué te queda cuando no entras ni en los peores moldes asignados?

La sesión de terapia grupal es justo después de la comida. Quizá para que nos olvidemos del trauma causado por el menú de tres platos con pan, el descanso obligatorio de media hora se alarga quince minutos más. Para cuando nos suben a la sala —amplia y blanca, con sillas naranjas de IKEA—, solo Marina y yo lucimos aún los párpados hinchados y la nariz enrojecida del llanto. De nuestra mesa, Marcelo es el único que no está obligado a unirse a la terapia de grupo, aunque sí que participa en todas las demás.

—Aún tienen que descongelarlo un poco más —dice Ro, como si fuese un plato preparado de macarrones.

Ana María y Helena ponen los ojos en blanco.

—¿Por qué no habla? —pregunto en voz baja—. O sea, ¿le ha pasado algo o…?

—Porque no quiere —responde Marina—. Puedes obligar a alguien a comer, pero no a que hable.

El doctor Herrera se sienta frente a nosotras. Lo acompañan Brais y una estudiante de prácticas. Es esbelta, con una coleta rubia altísima, como si fuera la Barbie Psicóloga. Sonríe mucho; los labios, brillantes de *gloss* rosa.

—Esta es Martina y está en su último curso —la presenta el doctor—. Espero que no os importe que se una a la sesión.

Creo que nos lo debería haber preguntado antes de empezar, cuando no estaba ella presente.

Empiezo a jugar con las pulseras que llevo en la muñeca. Martina de último curso es tan guapa que me dan ganas de arrancarme los ojos con dos cucharas.

Es una profesional y sabe que estamos enfermas. Es una profesional y ha estudiado de qué trata nuestro trastorno.

Pero también es una chica joven que sacaría máxima nota si hubiera un test de belleza normativa. ¿Nos estará midiendo mentalmente, preguntándose quién se merece encontrarse aquí y quién no? ¿Irá al gimnasio cada mañana? ¿Su subconsciente la traicionará y pensará que no nos merecemos el diagnóstico o que nuestras vidas están tan vacías que es lógico que acabásemos así?

—A mí sí que me importa un poco.

La voz de Ana María suena baja e inexpresiva. Brais alza una ceja al oírla, casi sorprendido de que alguien se haya saltado las normas no escritas de la cortesía. Martina de último curso la mira con ojos de Bambi.

—Lo siento —le dice Ana María—, sé que las prácticas son una mierda, pero este momento es un poco… eh, vulnerable. Y sé que este será tu trabajo, pero no solo somos pacientes. También tenemos una vida, y resulta un poco raro hablar de cosas personales con una extraña que no pasará más de dos semanas aquí.

Martina de último curso se levanta y murmura algo que suena amable y correcto. Por un momento me parece que Herrera le pedirá que se quede, pero le sugiere otro grupo de terapia y le pide a Brais que la acompañe.

—Lo siento —repite Ana María, y me doy cuenta de que está temblando.

El doctor Herrera la mira fijamente con sus ojos negros y estrechos.

—¿Crees que la gente te mira y ve solo a una paciente?

—Aquí, sí. Es como si tuviese una doble vida. La gente de mi oficina piensa que tengo Covid persistente y que por eso utilizo al máximo el horario flexible.

—¿Crees que solo te tratamos como a una paciente?

La respuesta de Ana María es física y no verbal: arqueamiento de cejas y labios apretados. Su *gloss,* al contrario que el de Martina, parece un apéndice extraño que contrasta con la piel reseca y las dos arruguitas como paréntesis junto a las comisuras de los labios.

El doctor no se da por vencido.

—¿Por qué no empezamos contigo, entonces? Dime un desafío al que te hayas enfrentado esta semana y un paso positivo que creas que has dado.

Ana María aparta la mirada. Cuando relaja la expresión, refleja una de esas bellezas enigmáticas que te empujan a seguir observando; con la nariz larga y elegante, que me recuerda a los cuadros renacentistas, y los ojos almendrados, los párpados espolvoreados de sombra naranja.

—Todo el mundo en mi oficina consigue ascensos menos yo —susurra—. Llevo tres años en la empresa, cuando me contrataron era la candidata perfecta y cada vez que tengo una reunión con el jefe lo hago todo bien, pero parece que solo me quieren para hacer fotocopias y pasar artículos a limpio. —Se muerde una uña—. Hago horas extra para recuperar todo el tiempo que estoy aquí, y un poquito más. Voy a todas las fiestas. Hago todas las tareas de mierda que nadie quiere. No sé por qué todo el mundo está avanzando menos yo. Me siento como si fuese una adolescente jugando a ser adulta.

El doctor Herrera asiente. Estira los labios.

—A mí me suena a que quizá estás preparada para un cambio.

Ana María se ríe.

—Respetuosamente, ¿cuál fue la última vez que buscaste trabajo? ¿En 1982? No encuentro nada mejor. Además, luché muchísimo para conseguir este puesto. Creo que no pido mucho, solo que me reconozcan el esfuerzo.

—Entonces creo que es hora de que midas tu éxito en base a tu propio criterio, no en base al que, según tú, tienen los demás. La vida no es una carrera en la que debas llegar a un punto concreto al alcanzar los veinte, los veinticinco o los treinta. La vida es lo que quieres que sea.

—Mi vida es esto —le recuerda Ana María—. Desde hace más de diez años.

—Creo que ahora eres tú quien se está tratando a sí misma como una paciente y no como una persona más allá de la enfermedad. ¿Cuál crees que ha sido tu triunfo de la semana? —Ahora se dirige también al resto—. Puede tratarse de algo muy pequeño, y no tiene por qué estar relacionado con la comida, porque el problema no es realmente la comida. La comida es el analgésico que te distrae del problema.

Ana María parpadea.

—Ha sido una semana como otra cualquiera —suspira—. Mira, ya no puedo dar más pasos adelante. Ya no hay comidas que me causen miedo, ni normas estrictas. He pasado por todo eso y mi cerebro sigue siendo una mierda, así que quizá esto me persiga toda la vida.

—Con todo el respeto, no estoy de acuerdo. Creo que sigues avanzando. Reconocer tus desafíos es un triunfo. Saber que te mereces algo mejor, también. Tú misma lo has dicho: no pides tanto. Hace un par de meses habrías sido incapaz de verlo.

Ana María guarda silencio, desconozco si es para no admitir que tiene algo de razón o porque no está de acuerdo con él, pero no le apetece mostrarse negativa frente a nosotras.

Herrera, sin embargo, parece satisfecho y pasa a la siguiente en el instante en que Brais vuelve a entrar en la habitación.

Marina no se acostumbra al hospital de día. Admite que necesita consumir las calorías que le han prescrito, aunque la perspectiva no le hace ninguna gracia porque comer le resulta una tortura.

—Los sonidos me ponen nerviosa, y la textura de la comida me produce ganas de vomitar.

Dice que prefiere que le vuelvan a poner el tubo, o que le den batidos hipercalóricos en lugar del menú de tres platos.

—Es injusto que Julia me obligue a comer cuando las demás pueden tomarse el batido si dejan algo en el plato. ¿Qué más da? El batido tiene más calorías.

—El problema no son las calorías —dice Herrera—, sino volver a la vida que llevabas antes.

—No me gusta la sensación de tener el estómago lleno de comida. Me dan ganas de abrirme en canal y sacarlo todo con las manos.

—Para llevar una vida normal hay que hacer las cosas normales.

Instintivamente pongo los ojos en blanco al oírlo. El doctor repara en ello —se me sonrojan las mejillas de inmediato—, pero por suerte no dice nada al respecto. La contestación de Marina es lo que me sorprende.

—Nunca he sido normal, así que…

Su aspecto me recuerda al tipo de chica que todos rondan, las que tienen tantos seguidores en Instagram como una pequeña *influencer*, las que han sido populares desde primaria únicamente en base a su belleza inalcanzable. O a lo mejor yo soy demasiado rápida a la hora de juzgar a los demás. A lo mejor, sentirte como un alienígena intentando aprender el arte del comportamiento humano es una mierda, independientemente de lo que los demás opinen sobre tu aspecto.

A continuación, el doctor Herrera quiere saber su triunfo de la semana. La repuesta es rápida y sencilla: «El pan».

La siguiente es Helena. Como Ana María, tiene la sensación de que el resto de personas de su edad avanzan mientras ella se ha quedado congelada.

—Tengo veinticinco años y solo he besado a dos personas: a mi novio de cuando tenía catorce y a una chica borracha en una fiesta universitaria. Vivo con mi madre porque ser doctoranda no te hace nadar en montañas de dinero precisamente; pero, sobre todo, porque soy incapaz de hacer cosas fáciles y normales como pagar facturas, hacer la cama, recoger la casa o acordarme de cuidar de mí misma. Y mi madre *no lo entiende*. Cree que debería estar contenta porque me he «recuperado» —aquí esboza las comillas aéreas—, y que ahora todos mis problemas se solucionarán yendo a yoga con ella y probando su dieta keto.

El doctor Herrera sugiere que quizá su madre deba solucionar su propia relación con la comida. Imagino que no estará tan equivocado, ya que parece que la ve cada semana. Helena se encoge de hombros.

—Solo quiero ser suficiente para ella. O sea, la quiero

muchísimo, y ella también a mí. Sé que mi enfermedad casi la destruye y que a ella le resulta más fácil pensar que ahora estoy bien, pero… pero sé que está decepcionada. No tengo pareja ni trabajo ni amigos y soy incapaz de comportarme como una adulta de verdad. Es un asco.

Su triunfo de la semana es haberse pasado tres días sin meterse un atracón. Es admirable. Si me pasase tres días sin restringirme —lo he intentado, cuando pensaba que podía recuperarme sola y dejar de preocupar a mamá y papá—, la semana siguiente se convertiría en un negativo absoluto. Temblaría ante cualquier superficie reflectante. Sería incluso más negada a la hora de mantener una conversación. La ansiedad por las noches me impediría dormir y el ruido blanco de mis pensamientos se convertiría en el mantra siniestro habitual: «vaga/débil/tonta/ridícula/infantil/rara/gorda/vaga/débil/tonta/ridícula/infantil/rara/gorda».

Tres días suponen una enorme cantidad de tiempo.

El desafío de Ro es que su cuenta atrás ha llegado a cero. Simplemente, no puedes llegar a cierto nivel en el deporte y alejarte de él durante meses, porque el deporte te escupirá para siempre.

—Sé que eso de que «Para llevar una vida normal hay que hacer las cosas normales» es tu frase, pero nunca he tenido una vida normal. Dejé de ir a clases a tiempo completo en segundo de la ESO, así que soy una pionera del *telecole*. Llevo toda la vida preparándome para una única cosa. No sé de qué hablan las chicas de mi edad o qué está de moda o qué se supone que debo hacer con todo este tiempo libre. Durante toda la vida he sido una gimnasta, y ahora ya no soy nada.

El doctor Herrera sugiere que este puede ser el momento

perfecto para descubrir «quién eres realmente, más allá del deporte y de la enfermedad». Ro lo fulmina con la mirada.

—Ya te lo he dicho: nada. Vamos, eres psiquiatra, ¿no? Tienes que saber todo ese rollo de que la personalidad se forma en la adolescencia y bla bla bla. Mi adolescencia se compone de la gimnasia y el trastorno. Sin los dos, ¿qué es lo que queda? Nada.

El doctor Herrera sugiere que entonces hay que empezar a llenar de cosas esa nada. Nunca es tarde. No hay una profundidad de la que no se pueda salir, ni un nudo en el cerebro que no se pueda deshacer. Todos nos merecemos una vida.

Ro lo mira como si fuera uno de esos *hare krishnas* que cortan el tráfico en el centro para que te unas a su secta. Necesitamos casi quince minutos solo para que se le ocurra un pequeño triunfo: su padre le está enseñando chino mientras ella intenta poner sus asuntos en orden. Cuando llevas en el *telecole* desde los trece años y tu única universidad iban a ser los Juegos Olímpicos, adivinar en qué curso deberías estar ahora requiere de una aritmética avanzada.

Todas las miradas de la habitación caen entonces sobre mí. Doy un respingo.

—¿Yo?

El doctor Herrera asiente con un gesto.

—Bueno, solo llevo dos días aquí…

—Cualquier cosa que quieras compartir ayuda.

Si pudiese elegir, antes me arrancaría la piel a tiras que compartir nada. Debo de tener el corazón disléxico, porque soy el tipo de persona que puede soportar cualquier clase de abusos sin inmutarse pero que se rompe ante la amabilidad, o cuando se ve obligada a hablar en voz alta sobre lo que siente. Pero todos me miran y el segundero del reloj no deja de moverse; sé que no tengo escapatoria.

—Estar aquí es un desafío. Pensaba que sería distinto.

—¿Distinto, cómo?

—Bueno, no sé cómo me ayudará todo esto. O sea, no creo que esté aprendiendo a comer o a llevar una vida normal. Y es solo cuestión de tiempo que en el instituto se enteren.

—¿Qué pasaría entonces?

—Probablemente alguien diría que no estoy tan flaca como para recibir tratamiento —comento, y agrego antes de que me interrumpa—: Y alguien más diría que solo quiero llamar la atención. Y... no sé, quizá alguien pensaría que odio a la gente gorda, o que la cultura de la dieta me ha lavado el cerebro o... no sé.

—El instituto es difícil —dice el doctor.

No me esperaba tal arrebato de sinceridad, de modo que me quedo sin palabras. Eso no lo acobarda.

—¿Algo más?

—Me da bastante ansiedad pensar en todo lo que tenemos que comer. Las calorías...

—Aquí no hablamos de calorías —me asegura, negando con la cabeza, aunque su voz es amable.

—Pero... estamos en terapia por trastornos de la alimentación.

—Precisamente por eso. La charla de las calorías es contraproducente. Solo consigue que compitáis entre vosotras y que os retroalimentéis de vuestros propios trastornos.

Me muerdo el labio inferior. Cuando me pregunta por mi triunfo de la semana, me encojo de hombros.

—Estoy aquí, ¿no?

Por fortuna, no me lo discute. *Es* un triunfo, aunque todavía no sé si lo celebro o no.

Como papá me deja en la pista de hielo más tarde de lo habitual, el ruido blanco relajante de las cuchillas y los pasos sobre el suelo metálico se empapa de los gritos de los niños y los cotilleos de las madres. Mi mesa habitual del fondo está libre, así que me siento, me pongo los auriculares e intento concentrarme en los apuntes de Historia del Arte que debo memorizar para el examen de la semana que viene.

En el grupo de WhatsApp de clase del que —desconozco por qué— sigo formando parte, se van perfilando los planes del finde. Alguien ha descubierto un local en el que dejan entrar bebida de fuera siempre y cuando pagues los diez euros de entrada, que corresponden al precio de una copa en una discoteca normal. Mientras me abría en canal y hablaba de mis sentimientos en terapia, se ha elaborado una lista de quién irá y quién está ocupado. Nadie me pide que confirme lo uno o lo otro. Uno de estos días se olvidarán de que también estoy en el grupo y hablarán de mí hasta que Noa o Alicia les llamen la atención.

Un vaso de café aterriza entre el libro de Lengua y los apuntes de Historia del Arte. Ya me estoy quitando los auriculares para agradecérselo a Rubén cuando Dulce, la camarera del Ice Café, nos chista:

—Lo siento, cariño, pero Zoe no puede tomar café.

Quiero destapar el vaso de papel y verter el contenido sobre mí.

Rubén abre los ojos como si alguien acabase de decirle

que no es buena idea ofrecer cigarrillos a un niño de once años.

—Ah, lo siento, no lo sabía. —Ladea la cabeza hacia mí—. ¿Puedo pillarte un descafeinado?

La camarera vuelve a chistar. Comprendo, mejor que nunca, por qué Ana María no quería que la estudiante de prácticas se quedara en la sesión. Cada minuto que transcurre me siento más como un problema y menos como una persona.

—Nada de café para Zoe, lo siento.

—Tiene un ingrediente que interfiere con las pastillas del TDAH o algo así —le explico.

Suena a mentira. Suena al tipo de mentira que se le ocurriría a una niña de trece años con demasiada imaginación. Rubén solo se lleva una mano a la cara.

—Ah, lo siento. ¿Por qué no me dijiste que no podías tomar café? Eres demasiado amable.

—Bueno, lo que sí te dije es que pagaría quinientos dólares por una taza de café de la NASA. Creo que el amable has sido tú, y yo la que se aprovechó.

Rubén se muerde el labio inferior. Tiene un rostro agradable, con la mezcla perfecta de rasgos afilados —la nariz, la mandíbula— y suaves —los labios, rojos por el frío, la mirada bonachona y de un azul imposible—. Me obligo a desviar la vista.

—¿Puedo sugerir el batido verde? Tiene el color de los *aliens* de *Los Simpson,* pero está rico.

Gracias a una búsqueda exhaustiva en Internet, conozco exactamente las calorías de todos los productos del proveedor del Ice Café. Hasta hace dos días podría haber hecho malabares para incluir el batido alienígena en mi menú, pero ¿ahora? Imposible.

—No te preocupes, ya estoy servida. —Alzo la lata de Sprite *light*—. La deuda está saldada, sobre todo desde que me diste más material para procrastinar.

—El espacio, ¿eh?

—Intento no leer mucho sobre él porque todavía no he superado lo de la perrita Laika, pero he encontrado la teoría de los agujeros blancos y, bueno, me acabé acostando a las dos.

Rubén se encoge de hombros.

—Diría que lo siento, pero ¿agujeros blancos? Cuéntame más.

—Son como los agujeros negros, pero al revés. En vez de tragárselo todo, lo expulsan todo, incluso la luz.

Los agujeros negros son todo oscuridad, sin escapatoria. Los agujeros blancos son una barrera impenetrable.

Por algún motivo, no parece que Rubén me considere una friki por todo esto. Se está inclinando más hacia mí, preparándose para agregar algo, cuando sus dos amigos se nos acercan con un cubo que Gorka —el moreno— le entrega con una sonrisa perversa.

—Lo siento, tío, pero ya viste cómo dejamos la pista. Tenemos que ser buenos ciudadanos y eso.

Al reparar en mis apuntes de Historia del Arte, emite un largo silbido y dice:

—Dios, cómo odié segundo de Bachillerato. —Me da un golpecito en el hombro, que me hace estirar la espalda—. Seguro que se te da bien. Segundo es una mierda, pero se te dará bien.

—Es peor aún para ella —dice Rubén—. Tiene que hacerlo sin café.

Jorge finge que alguien le clava un cuchillo en el estómago. Tiene el aspecto de una de esas personas que no deberían andar por la calle, al alcance de todos, sino que su existencia debería limitarse a las páginas brillantes de las revistas de moda y a los tiktoks con música de peli de Wes Anderson de fondo. En otras palabras: es demasiado guay para que nosotros, los meros mortales, lo miremos demasiado tiempo.

—¿La legislación contra abusos juveniles no se pronuncia al respecto?

—Estoy intentando hablar de ello con mis abogados—le aseguro.

Para no empezar a cuestionar lo que acabo de decir y a preguntarme si piensan que soy rara, indago sobre los cubos. La respuesta es sencilla.

—Bueno, ya te habrás dado cuenta de cómo se queda la pista después de una sesión de hockey. No nos apetece dar aún más trabajo a tu padre y a los demás, así que intentamos pulirla un poco antes de la siguiente sesión pública.

—¿Puedo ayudaros?

No sé por qué sale esa pregunta de mis labios, pero lo hace. No se trata exactamente de hacer ejercicio —los he visto antes: solo hay que meter el exceso de hielo en el cubo y tapar los agujeros de las cuchillas con la ayuda de una palita—, pero quema más calorías que quedarse sentada frente a una mesa. Y Gorka tiene razón: segundo de Bachillerato es un asco.

Los tres se miran entre sí, dudando.

—¿Qué?

Rubén se muerde el labio inferior.

—Bueno, la última vez que te vimos en la pista…

—Te batiste con ella en duelo y la pista ganó. —Así lo resume Gorka.

Al contrario que Jorge, tiene los rasgos fuertes y oscuros. La nariz está un poco desviada, como si en algún momento se la hubiese roto —algo perfectamente plausible, teniendo en cuenta el deporte que practica—, siempre lleva la ropa arrugada y el pelo se le rebela.

—Estoy bien.

Jorge entrecierra los ojos.

—Tía, te desmayaste y te pasamos por encima —dice mientras señala la venda con un gesto—. Te puedo firmar eso también, si quieres.

No sé si lo ha dicho en serio o no; de todos modos, le paso un rotulador. Mientras escribe, insisto:

—Estoy bien. Resulta que tenía una anemia de caballo, pero me han cambiado la medicación. Y *sé* cómo dejáis la pista. No estáis en posición de rechazar un par de manos más.

Mi respuesta parece convencerlos, o a lo mejor no les apetece discutir con la hija del tipo que les pule el hielo. Rubén da un sorbo al americano prohibido y Gorka traza un patín al lado del vaso de café que ha dibujado Jorge.

—Espero que sepas patinar de verdad —me dice—, porque si te rompemos la otra mano, nos abrirán una investigación policial.

—La banda de jugadores de hockey que lesiona a adolescentes inocentes.

—No queda bien en el currículum.

La pista de hielo me abofetea con la bocanada de aire frío y ese olor tan característico que me recuerda las tardes de mi infancia y los partidos de hockey a los que me llevaba papá en primaria. Debido a la naturaleza del trabajo que estamos a punto de iniciar, esta es la primera vez que los veo deslizarse a cámara lenta y no como si intentaran batir su propio récord de velocidad.

—¿Por qué patináis así los jugadores de hockey? —les pregunto—. Compartir pista con vosotros es como intentar dar vueltas con la bici en una pista de Fórmula Uno.

Eso les hace una gracia horrorosa, no sé por qué. Jorge es el primero en responder:

—¿Y los chalados que hacen piruetas no te dan miedo? Solo diré que no hay Tonya Hardings en el hockey.

—Gran peli.

—Sí, sobre una chalada que le partió las piernas a la competencia para ganar los Juegos Olímpicos.

—Que no ganó —precisa Rubén.

Me agacho para recoger una bola enorme de hielo. Al hacerlo, las rodillas emiten un clac artítrico que espero que ellos no hayan oído.

—Bueno, no soy patinadora —digo, solo para no pensar en la rodilla y el ruido.

—Tus patines no dicen lo mismo —afirma Gorka.

—Probé los de hockey una vez. Digamos que mi nariz nunca volvió a ser la misma.

Rubén se ríe.

—Estás convenciéndonos la mar de bien de que esto es una buena idea, ¿eh?

Nos quedamos callados durante un buen rato, concentrados en el hielo y las bolas de nieve que podemos crear con los excesos junto a las barreras. A veces rompen el silencio con conversaciones fáciles y breves, y cuando se enteran de que he vivido en Toronto quieren que les cuente todo lo que sé del equipo de hockey de los Maple Leafs y de los rodajes de las series de televisión.

Al terminar, tengo las yemas de los dedos dormidas y tiemblo tanto que me pongo el anorak antes de que nadie comente algo al respecto. Papá me ve pasar de los patines a las botas, pero no dice nada hasta que llegamos al coche. Para ser sincera, parece casi aliviado de que hable con chicos de mi edad y haga algo más interesante que escuchar las mismas canciones en bucle y pasar los apuntes a limpio.

Estoy tan cansada que su voz me llega en *off,* como si estuviese atrapado en una pecera.

—No sé si deberías hacer deporte aún.

—Pulir la pista no es deporte.

Ladea la cabeza. Casi puedo ver cómo se le mueven los engranajes del cerebro. Socializar es un punto positivo. El ejercicio, cuando se supone que tengo que subir de peso, es un punto negativo. ¿Debería ver esto como progreso o no?

—Bueno, mientras sea después de una sesión de hockey y no de un partido de *curling*... Eso sí que es ejercicio, pero de alta intensidad. ¡Un deporte que se practica con escobas!

Tengo la ligera sospecha de que se inventó, de hecho, cuando alguien estaba aburrido mientras barría la casa. Es una especie de hijo bastardo entre el hockey y la petanca en el que tienes que crear fricción sobre el hielo con, sí, una escoba para que el disco avance hasta el centro de la diana, en el extremo opuesto de la pista.

No es un deporte muy popular, ni siquiera por aquí.

—No me engañes: sé que te gusta el *curling*. Quizá podrías enseñarme cuando me ponga bien.

Es incapaz de reprimir la sonrisa ante tal proposición.

—Oye, pues sí. Podemos ponerlo en el plan del doctor Herrera, ¿eh?

Cuando aparca frente a la casa de mamá —ya es oficialmente fin de semana— incluso a mí me parece posible. Quizá podría aprender un nuevo deporte, formar parte de una nueva pandilla y ser una chica de verdad.

Al llegar al cuarto piso —ascensor, porque mamá está vigilando— ya me parece una perspectiva imposible. Los primeros pasos se me dan bien —las primeras impresiones, los primeros amigos en Canadá, los primeros chistes privados—, pero ¿mantener la normalidad? ¡Ja! Me resultaría más fácil aprender ruso en una noche.

En mi vida, tan solo he sido constante en dejar de comer. Y por eso estoy aquí.

10

Cómo construir a una chica desde cero

Ro, por supuesto, tenía razón. Los primeros días en el hospital se me han fijado con tal claridad en la memoria que todavía noto el sabor concreto de la tortilla francesa en la lengua, y puedo conjurar los olores de las patatas/las bandejas de plástico/los cubiertos de madera/el sudor de decenas de personas perdidas.

Los días que vienen después son

exactamente

iguales.

Todos saben a puré de patatas y a sueño, las rutinas están tan milimétricamente diseñadas que las semanas parecen un único día largo, gordo y gris. Como quiero que el número en la báscula le demuestre al doctor Herrera que merezco estar aquí y que papá y mamá dejen de angustiarse por mí, trabajo el doble. Soy la paciente perfecta que se termina lo que hay en el plato y que obedece a cuanto le piden; por eso me veo obligada a usar todo lo aprendido, para comer lo mínimo posible en el desayuno, para eliminar los aperitivos como si nunca hubiesen existido, para conseguir engañar incluso a Julia, que podría escribir un manual de cómo desarrollar un TCA restrictivo en base a lo que ha visto aquí como enfermera.

Hago las tareas domésticas antes de que me lo pidan, pues cada caloría perdida cuenta. Camino a todas partes y hago sentadillas mientras me lavo los dientes. Tomo laxantes como si fuesen multivitamínicos y a la madrugada siguiente me odio por ello, pero siempre vuelvo a las andadas, porque si el número en la báscula de la consulta sube, perderé la última cosa que aún tolero de mí misma.

Me quedo hasta tarde estudiando porque quiero tener al menos alguna *oportunidad* de cara al curso que viene, ayudo a los chicos de hockey a pulir la pista y me leo el libro que subió Rubén a Instagram para tener un tema de conversación en común cuando me quede en blanco.

Estoy tan cansada que me dormiría si descansase la vista durante más de dos segundos. Me siento como un malabarista que ha añadido demasiadas bolas a su número y está esperando a que se le caiga una.

—Has vuelto a perder —dice Julia cuando me bajo de la báscula.

No me dice cuánto, pero lo veo cuando el doctor Herrera actualiza mi historial médico. Es una cantidad muy alta/muy baja/insuficiente. Se aproxima al peso que marcaba antes de intentar recuperarme por mi cuenta. Me digo que no es real porque los laxantes no te hacen quemar grasa, sino perder líquido hasta que el número en la báscula es más tolerable que el reflejo en el espejo.

Mamá se muerde el labio inferior y descubro que tiene los ojos acuosos y brillantes. Papá suspira.

—¿Otra vez? ¿Estáis seguros de que se come todo lo que le servís?

Cuando Julia asiente en silencio, papá y mamá se miran. Llevan la expresión de los padres de esas películas de sobremesa en las que niños perfectos y alegres son víctimas de una enfermedad misteriosa que ningún médico del mundo es capaz de tratar.

Soy una persona horrible. Sé exactamente cuánto cuesta esto, y que papá y mamá han dejado su vida a un lado porque en la ciudad no ofertan Periodismo y no quieren gastar parte de los ahorros que tenemos guardados para el colegio mayor.

Tengo que parar. ~~Todavía no soy suficiente.~~ Tengo que querer parar. ~~¿Estás enferma o solo quieres estar enferma?~~ Tengo que encontrar una salida. ~~¿Qué clase de persona clavaría el cuchillo tan hondo?~~

—Lo estoy intentando —susurro, aunque sé que no es verdad.

No quiero llevar esta vida, pero la alternativa me paraliza. Existir en este cuerpo específico es lo único que tolero sobre mí, y lo odio.

Papá sacude la cabeza.

—Tendrás que esforzarte más con los desayunos.

—Tomo lo mismo que Emi —digo, pero no aclaro que ella se echa al menos el doble de leche en los cereales.

—Bueno, pero es que no eres Emi.

Chasco la lengua. No quiero discutir. A mamá y papá les han tocado algunas de las peores cartas de la baraja y no quiero causarles aún más sufrimiento, pero tengo TANTA HAMBRE y estoy tan cansada… Y si tuviese la fuerza, me encantaría coger una de las sillas libres y tirarla al suelo, solo para romper algo tangible.

—Siempre estáis diciendo que tengo que hacer las cosas normales, pero luego no puedo comer como una persona normal. ¡Lo estoy intentando!

—Lo sé, pero…

No encuentra una manera amable o aceptable de decir que *no soy* una persona normal. Que me quiere tal y como soy, pero que ser rara, en esta ocasión, me está matando. No termina la frase.

—Quizá podría venir también a la hora del desayuno —tantea mamá.

La miro con un terror que no puedo verbalizar. Si las normas en cuanto al tiempo necesario para comer y los treinta minutos de espera son las mismas, desayunar en el hospital significaría perder la primera hora de clase, quizá también la segunda si el profesor en cuestión es de los que no deja entrar a quienes llegan tarde.

—Todavía no estoy tan mal —digo, y un segundo más tarde advierto que he añadido el «todavía»; me vuelvo hacia el doctor—. No estoy tan mal.

Él mira a mis padres y no a mí.

—Está demostrando progreso en terapia.

—Pero está bajando —lo interrumpe papá—. ¿Dejaréis que baje de peso?

—No dejaremos que baje —le asegura Julia, utilizando el tono de voz meloso y suave que reserva para los pacientes que sufren un ataque de ansiedad entre el primer y el segundo plato—. Podemos alterar el menú para invertir el cambio en el peso…

—Si sigue bajando a este ritmo, la apuntaremos al desayuno supervisado tras las vacaciones de Navidad.

Quedan tres semanas para el fin de las clases, y las fiestas duran dos más. Cinco semanas me parecen tan largas como cinco meses, o cinco años. Cinco semanas podrían no acabarse nunca.

—Bien —digo, aunque nadie me ha pedido permiso.

Papá no está tan convencido.

—Tendrás que tomarte un batido en el desayuno, entonces.

Espero a que Julia o el doctor Herrera digan algo al respecto. Se quedan en silencio y me vuelvo hacia él.

—No. —Se me quiebra la voz—. Me hacen sentir fatal. Si tomo un batido por la mañana no podré concentrarme en las clases.

—¿Y qué?

—¿Y qué? Estoy en segundo de Bachillerato.

—La salud es lo primero, Zoe —me dice mamá, y ahora sé que estoy hundida hasta el fondo.

Para mamá los estudios siempre han sido lo primero. Desde que era pequeña me ha hablado de todo lo que quiere para mí —más de lo que papá o ella pudieron soñar—. Cuando sacaba buenas notas, me decía que era mi trabajo, y cuando empecé a sacar suficientes en Matemáticas me apuntó a clases particulares para que no se resintiese mi media. Los estudios *siempre* han sido prioritarios para ella.

—No puedo perder el año —insisto, y no sé a quién me estoy dirigiendo ahora mismo.

Papá entrecierra los ojos.

—Prefiero que pierdas el año a que pierdas la salud.

—Ya, para ti es fácil decirlo, ni siquiera acabaste el instituto.

Ha sido un golpe muy bajo. Siento su tamaño en el estómago como una bola fría, húmeda y pegajosa. La voz que habla es la mía, pero no está conectada a mis pensamientos. Nunca he creído que papá —o cualquier otra persona— fuese menos por no haber estudiado. Nunca he creído que *yo* sea mejor por sacar buenas notas; estudiar era simplemente una de las pocas cosas que se me daba naturalmente bien.

Separo los labios para pedirle perdón, pero él se me adelanta.

—Bueno, a lo mejor prefiero tener una hija que no termine el instituto a no tener una hija.

Me sorbo los mocos. Sudo tanto que ese líquido frío y salado me está pegando a la silla. La sesión terminará y yo me quedaré aquí, como un fósil.

—No exageres. Nadie se está muriendo.

—Pues tú tienes toda la pinta.

El doctor Herrera le recuerda que hablar del físico no ayudará a ninguno de los presentes. Papá lo mira como si acabara de sugerirle que me ponga en la mano una pastilla para adelgazar como terapia de choque —«Si resiste la tentación, está curada»—.

—Asustas a la gente —me dice—. En el trabajo me preguntan si tienes cáncer.

He visto el número en el ordenador del doctor Herrera. Solo dicen eso porque me han visto crecer y el cambio es notable. Si fuese una chica desconocida, nadie se alarmaría.

—¿Y les dices la verdad?

—No es *mi* verdad, no la compartiría sin tu consentimiento.

—¿Entonces?, ¿les das la razón?

—Les digo que estás pasando por un bache de salud, pero que estás recibiendo tratamiento.

El doctor Herrera me pregunta qué pienso de la situación, pero no sé cómo decirle que mi cerebro es un pantallazo azul. Es un agujero blanco que no deja que entre nada, y que escupe la luz. Me odio. Odio lo que les estoy haciendo a mis padres. Quiero desaparecer completamente.

No digo nada. A lo mejor Marcelo, con sus silencios en la mesa, ha tenido razón todo este tiempo. Cuando no hay respuestas, ¿qué vas a decir?

Y mamá, que hasta ahora solo ha estado alisándose la falda y conteniendo las lágrimas, pregunta:

—¿Qué podemos hacer?

—Ajustaremos el menú y seguiremos con el control. Si sigue bajando a este ritmo, vendrá al desayuno después de Navidad. Si baja más rápido, tendremos que reconsiderarlo para que empiece antes. —Me mira—. Y tendrás que empezar a tomar batidos en casa. De momento, uno al día. No me importa cuándo, mientras lo tomes.

Mamá ladea la cabeza.

—En clase nadie la vigila. Su tutora conoce la situación, pero… no queremos que se entere más gente si ella no quiere. Para que lleve una vida tan normal como sea posible.

Le tiembla la voz, las dudas deben de quebrarla. ¿Qué es peor, no llevar una vida normal o no llevar una vida?

Quiero decirle que no tiene la culpa. Que *nadie* en esta habitación tiene la culpa. Que no sé por qué hago las cosas que hago.

—Le pediré a Dulce que se asegure de que se lo toma como merienda, en la cafetería —dice papá—. O eso o el desayuno, lo siento.

¿Prefieres quemarte de dentro afuera o de fuera adentro? ¿Es mejor pasarte las primeras horas de clase como un zombi o que la gente de la pista se pregunte por qué una chica de diecisiete años bebe un Pediasure?

—Bien —accedo.

—¿Merienda?

Asiento con un gesto.

Estoy atrapada. ¿Por qué me importaba tanto demostrarle a Herrera que soy capaz de adelgazar? A lo mejor no estoy enferma, a lo mejor solo busco el prestigio dudoso que concede esta enfermedad en particular. Pero si eso fuese cierto, podría parar. Podría parar ahora mismo, con el llanto de mamá y la preocupación de papá.

~~Pero bajar tanto me ha costado sangre, sudor y lágrimas. Pero aún no es suficiente. Pero todavía odio la carne blanda de mis piernas, y la forma redondeada de las caderas. Pero si paro ahora, quizá luego no sabré volver. ¿Y si no me gusta la Zoe al otro lado? ¿Y si nunca recuerdo cómo era antes y me convierto en una no-chica que viste un cuerpo que hace que quiera arrancarse la piel con las uñas?~~

La sesión grupal es de terapia práctica. Por un momento me parece que me podré librar, debido a la desastrosa terapia familiar, pero Herrera no es tan generoso. Ya no soy una chica. Soy lo que queda de una chica tras un programa de centrifugado con agua hirviendo. Soy una herida abierta.

Nos da un ovillo de lana y unas tijeras —de las que hay en las clases de parvulario, de punta redonda— a cada uno —Marcelo está presente en cualquier terapia que no implique el habla—. Nos pide que cortemos el trozo que creemos que se ajusta a la circunferencia de nuestra cintura.

Resoplo; la lana azul tiembla en el centro de mi mano.

Helena es la primera en protestar:

—¿En serio? Ya sé que soy más grande que todos los demás. ¿Necesito otra prueba visual?

Parece preguntarse si alguien cree que este ejercicio ayudará, a estas alturas. ¿Ayuda hablar de ello? ¿Ayuda que nos vigilen al comer y que nos miren cuando vamos al baño? ¿Ayuda escribir un diario desde el punto de vista de la enfermedad?

—No tiene nada que ver con eso, sino con ser consciente de las trampas que pone la dismorfia corporal.

Helena fuerza una sonrisa.

—Pero no es que crea que soy gorda, es que lo estoy. Clínicamente.

—No se trata de ser o estar «gorda». «Gorda» no significa nada —le aclara él, y Helena resopla por lo bajo—. Se trata de ser consciente de la disparidad entre vuestra percepción y la realidad.

Nadie verbaliza lo que todos estamos pensando: «¿Y si la realidad tiene dientes?», «¿y si, aunque la medida sea más pequeña de lo que te esperabas, no resulta suficiente? He vuelto a mi peso más bajo, lo que hace que busque mi peso deseado, ese número pequeño y prohibido por el que Herrera me preguntó en la sesión inicial. Si lo alcanzo, querré llegar al siguiente número pequeño y prohibido que no le he confesado a nadie. Y si algún día lo marca la báscula, querré el tercer número, el que parece ridículo e irreal. Y…

¿Hay alguna manera de detener el carrusel?

Marina es la primera en intentarlo. La circunferencia que ha formado con la lana es tan grande que o está mucho peor de lo que creía —y se mueve con el dudoso aire de gloria que confieren los ingresos y los tubos nasogástricos— o está mintiendo. Ana María, que pone los ojos en blanco, parece pensar lo primero.

—Muy bien, como queráis —bufa.

La circunferencia que crea ella, tras un par de instantes de duda, es significativamente más pequeña que la de Marina. Sin embargo, cuando Brais le rodea la cintura con el hilo para medirla, este nuevo círculo es aún menor. Cabe perfectamente dentro del que Ana María sostiene, dando testimonio de la diferencia entre su cuerpo físico y su percepción.

Ana María se acerca más a ambos hilos e introduce los dedos en el espacio vacío entre ellos.

—Guau —susurra, y Brais empieza a sonreír—. Guau. Estoy curada.

Se vuelve hacia nosotros y la sonrisa en la cara de Brais empieza a palidecer.

—Diez años de trastornos alimentarios y... —Chasca los dedos—. Me he estado engañando todo este tiempo. Resulta que lo que veo en el espejo no es real. ¡Ya puedo comer!

Vuelve a poner los ojos en blanco y se sienta en el suelo. El doctor Herrera no premia su actitud con una reacción, pero Brais no puede contenerse:

—¿Por qué no celebras tus victorias?

—Ya lo hago. Sé que reconocer que se tiene un problema solo es el primer paso, lo di hace unos nueve años. A lo mejor dentro de nueve más doy el segundo.

Brais no responde a eso, Herrera tampoco.

El ejercicio de Marcelo es similar al de Ana María, menos la rabieta al final. Mira el espacio vacío entre ambos hilos largo y tendido, pero no reacciona —ni verbal ni físicamente— a las palabras de ánimo de Brais.

«Todo está en tu cabeza» no es una frase analgésica cuando estás atrapado *dentro* de tu cabeza.

Herrera se acerca a mí al ver que me estoy debatiendo entre distintos tamaños sin atreverme a hacer el nudo que marque el definitivo.

—Puedes hacerlo —me dice—. Sin pensar. El ejercicio es para que seas consciente de lo errónea que es la percepción que tienes de tu cuerpo.

No se da cuenta de que lo que me aterra es que la percepción *no* sea errónea. ¿Y si mi círculo es del tamaño correcto? O, peor aún, ¿y si es más pequeño?

—Tiene tanto poder sobre ti como tú quieras darle —insiste.

Es mentira. Si no lo fuese, nadie estaría aquí. Pero me sigue mirando, así que anudo el hilo y corto, y cuando él se acerca para medirme la cintura, aparto la vista. No quiero conocer la respuesta. Me da miedo conocer la respuesta.

—La percepción que tienes de tu propio cuerpo no es realista —añade Herrera, obligándome a mirar.

Algo dentro de mí se rompe al ver ese espacio tan vacío entre mi hilo y el que ha cortado él, mucho más pequeño. La rotura no es suficiente. En las películas siempre hay un momento en el que el protagonista observa la cruda realidad de su problema y eso lo empuja a recuperarse. En mi caso, ser consciente de la severidad de la situación no cambia nada.

Estoy enferma, quizá más de lo que pensaba, quizá más de lo que el apéndice «atípica» pueda sugerir. Causo un daño inmenso a las personas que más me importan. Este choque de realidad no cambia nada porque sigo sin saber cómo parar.

Tras un par de segundos reparo en que Ro es la única que ha conseguido que el hilo sea un calco de la circunferencia real de su cintura.

—¿Vais a darme un peluche de regalo, como en las ferias? —le pregunta a Brais—. ¿O me he ganado algún privilegio? Porque me gustaría poder elegir mi propio menú.

Herrera estira los labios.

—Creo que todavía no estás lista, pero acabas de dar un paso muy importante.

No entiendo cómo tener una percepción realista del cuerpo que odias es un paso importante y no una soga al cuello, pero no digo nada. Ro tampoco responde. Sí repara, sin embargo, en que la estoy mirando.

—Soy una mujer con muchos talentos.

Me gustaría preguntarle qué piensa realmente de todo esto, pero quizá implicaría cruzar una raya roja de «no pasar». También me gustaría decirle que su cuerpo me parece bonito, pero no me creería. A lo mejor se acercaría para comparar los hilos que miden las circunferencias de nuestras cinturas. ¿Y cuál de ellos sería más grande? Soy incapaz de decidirlo. Ninguna de las tres posibles respuestas nos ayudaría, a ninguna de las dos.

Dios, estamos atrapados de verdad.

11

Ahora

Papá me deja escoger entre los cuatro sabores posibles de Pediasure: vainilla, chocolate, café o fresa. Elijo café porque Marina me ha dicho que el de vainilla sabe a plástico y que el de chocolate debería clasificarse como un crimen contra la humanidad.

—¿Qué quieres que le diga a Dulce? —me pregunta papá mientras aparcamos.

—Lo que has dicho a los demás, supongo.

Será lo más fácil para todos. Papá no cuestiona mi lógica. No dice nada más mientras caminamos hacia la pista de hielo. Eso me hace sentir peor. Llevo semanas encadenando noches de cinco horas de sueño y ahora las fronteras del mundo real se difuminan.

—Lo siento —le digo otra vez—. No pienso de verdad todas esas cosas que dije.

Papá se detiene.

—Ya lo sé.

No sé si debería creerlo. ¿Cómo puedo explicarle que es mi voz la que habla, pero que no está conectada a mi cerebro?, ¿que son mis propias manos las que me privan de comida, pero que no sé cómo parar, o cómo *querer* parar?

—De verdad que no las pienso.

—Zoe, ya lo sé. No tienes que preocuparte por mí, ¿vale? Funciona en el sentido inverso. Es el padre el que se tiene que preocupar de la hija. Tienes… tienes que esforzarte un poquito más, ¿vale?

Me tiemblan las cejas. El aire es frío; el aparcamiento, inmenso y vacío.

—¿Y si esto es lo máximo que puedo esforzarme?

—Eso no es cierto.

Se da la vuelta para seguir caminando hacia la pista y no mira para comprobar si yo también voy detrás.

Odio a la niña que entra agarrada de la mano de su madre, odio a las adolescentes que apuran los últimos sorbos de una bebida de fresas y nata del Starbucks y odio las risas de los jugadores de hockey en el interior. ¿Por qué todos son capaces de vivir en este mundo, menos yo?

Cuando ya no queda nadie en el aparcamiento, me apresuro hasta alcanzar a papá. Le pregunto:

—¿Todavía me quieres?

Se detiene en mitad de la acción de abrir la puerta; las manos, deslizándose por el pomo.

—Claro que sí.

Arqueo las cejas.

—Zoe, eso nunca cambiará.

—¿Te caería bien si no fuese tu hija?

Se detiene un momento para reflexionar o para analizar la pregunta. Si fuera un chico de mi edad, probablemente pensaría que he llevado una obsesión demasiado lejos. Se volvería a sus amigas de natural delgadas —he visto las fotos— y suspiraría aliviado al considerar que este tipo de cosas no pasan en *su* mundo. Pero ahora es un adulto, y mi padre, así que tiene que lidiar también con todo esto.

—Sí —dice—. Eres guay. E inteligente. Y divertida. A nadie le resulta fácil tener diecisiete años.

No sé cómo decirle que comer es peor. Que, cuando como, no me merezco ni los sentimientos más negativos que me acechan. Que no merecerlos no significa que nadie debería sufrir así, sino que mi vida entera es ahora una competición, y que no puedo deshacerme de esa vocecita que me señala que estoy suspendiendo.

Resulta una tarde de estudio solitaria y endiabladamente lenta. Me figuro que papá ya ha hablado con Dulce, pues la camarera me lanza miraditas de vez en cuando. No sé cuál es su plan de ataque. ¿Va a rescatar el envase de Pediasure de la basura para comprobar que me lo he bebido todo? ¿Inspeccionará las plantas, y los charcos de origen sospechoso que ya hay en el suelo? Tiene un trabajo real del que ocuparse, y si su sueldo se ajusta al de papá, sé que no le pagan lo suficiente.

Doy el primer sorbo. Es dulce, como esas bebidas azucaradas del Starbucks o como el Ice Capp del Tim Horton's. Mierda. No está diseñado para saber bien. A nadie le gustan estos batidos. ¿Cómo puede obsesionarme tanto la comida que incluso me sepa bien el Pediasure?

El siguiente sorbo es de mentira. En los bancos frente a la pista, un abuelo ayuda a su nieta a calzarse los patines y, no sé por qué, me pone tristísima. Mi abuelo no entiende lo que me sucede. Pertenece a una generación que pasó hambre por decisión de otros, y no comprende por qué podría alguien querer llevarse la pistola a la sien y, además, apretar el gatillo.

Cuando Rubén se para frente a mi mesa, repara enseguida en mi expresión.

—Oye, ¿todo bien?

Huele a chicle de menta y a hielo, las mejillas aún enrojecidas por el frío de la pista.

Me quito un auricular para hablar con él.

—Sí, es que tengo alergia.

—En… ¿invierno?

Me encojo de hombros.

—A mi cuerpo le gustan las sorpresas.

Mientras hablo intento esconder el bote de Pediasure con el brazo, pero precisamente este movimiento llama su atención y desvía la mirada hacia allí.

«Tonta, tonta, tonta».

—Oh, tío. —Lo señala—. Ese es el motivo por el cual solo puedo tomar el café dulce y Jorge nunca me respetará.

Bajo las cejas, despacio. La cautela me cubre la piel.

—Los has probado.

Es una afirmación y no una pregunta, no sé por qué.

Rubén mueve la cabeza con el mismo entusiasmo que habría mostrado si le hubiese preguntado si ha ido alguna vez al Mad Cool.

—¿Estás de coña? Dos al día desde los ocho hasta los once años. Antes de descubrir el hockey todos se pensaban que era el pequeñajo de mis hermanos, y no es por fardar, pero soy el mayor.

—No sabía que tenías hermanos.

—Dos hermanas gemelas, de dieciséis, y un hermano de catorce. Para que entiendas lo desesperado de la situación, los vecinos creían que mis padres tenían dos pares de gemelos. ¡En fin! El Pediasure le salvó el culo a mi madre, porque hasta entonces había intentado hacerme engordar echándole helado a mis batidos. Cuando nos dimos cuenta de que la lactosa me sentaba mal, muchas cosas hicieron clic. —Tamborilea con los dedos sobre la mesa—. El de café está bien. Mi favorito es el de vainilla, eso sí.

—Pues a mí me han dicho que sabe a plástico.

Al oír eso, pone una expresión como si acabara de destrozar su osito de peluche de la infancia, y me entra la risa tonta.

—¿*Qué*? ¡Pfff! El de *chocolate* sí que es terrible. Hace que desees no volver a probar el chocolate en la vida. El de galleta también está bueno.

—No me lo han ofrecido.

—Puedo traerte un par de cajas, si quieres. Todavía tengo algunas en casa.

Me vuelvo a reír.

—No creo que sean comestibles, después de siete años.

Rubén hace visera con la mano, fingiendo que le recorre una ola de vergüenza.

—Puede que todavía beba alguno… de vez en cuando… por los viejos tiempos, ya sabes.

—Claro. Yo no sé qué hacía con mi vida antes de probar el Pediasure.

Asiente.

—Se te nota en la cara. Es el mejor día de tu vida.

—El día que me quitaron los aparatos de los dientes y el día que me aceptaron para ir a estudiar a Canadá palidecen, en comparación.

—Y no te culpo. —Se muerde el labio inferior—. Oye, ya me ha dicho tu padre que no te encuentras muy bien, así que no te preocupes por ayudarnos con lo de la pista. Creo que nos las apañaremos los tres.

Algo húmedo y con garras me aprieta el estómago.

Sé que papá no le contaría a nadie la verdad sin mi consentimiento. ~~Pero también me da miedo la excusa que haya podido darle.~~

Rubén me está tratando igual que siempre. ~~Pero temo que los privados de Instagram se vuelvan menos regulares, y que poco a poco deje de pararse ante mi mesa cuando entra o sale de la pista.~~

Quiero ser normal. ~~No sé ser normal.~~

Debe de malinterpretar mi silencio, pues dice:

—En fin, nunca llueve eternamente, ¿eh?

Entrecierro los ojos.

—¿*El cuervo*?

—Gran película. Gorka intenta culturizarnos a Jorge y a mí, el muy capullo.

—Emi intentó hacer lo mismo conmigo. No la llamaría «capulla» a sus espaldas, eso sí.

—Eres mejor persona que yo.

«Lo dudo mucho».

—¡Por cierto! —exclama mientras tamborilea con los dedos en la mesa una vez más, y se aleja un par de pasos hacia el pasillo—. Los tres daremos un concierto la semana que viene. Indie punk para la generación Z, ya sabes. ¿A lo mejor os apetece venir a Emi y a ti?

Sonrío.

—Claro.

—¡Guay! —También se le escapa una sonrisa que hace que las pecas le bailen sobre la nariz—. Te paso los detalles por privado. ¡Nos vemos luego!

Me despido de él con la mano, y en cuanto se aleja vuelvo a ponerme el auricular. Aún no ha terminado la canción cuando me saco el móvil de la mochila y le escribo:

zzzzoe___
no estoy tan segura de la parte punk, pero «indie» y
«generación z» suenan EXACTAMENTE a mi rollito

r.pl__
Tendré que ingeniármelas para pasarte al lado oscuro,
entonces :D

Me envía un enlace a la última publicación de su grupo —Lady and the Macbeths—. Son guays. Demasiado guays. El tipo de guay en el que Emi podría colarse sin problemas pero en el que yo me siento como ese personaje adulto de las películas que se disfraza de adolescente para ir de extranjis al instituto. ¿Y por qué los chicos parecen mucho más atractivos sudados y bajo focos de neón?

zzzzoe___
la elección del nombre?????
🛐🛐🛐

r.pl__
Le pasaré el feedback a Gorka :)

r.pl__
(Por si no te habías dado cuenta, ÉL es Lady)

zzzzoe___
no me esperaba menos, la verdad

r.pl__
Yo soy el mejor Macbeth

zzzzoe___
leído 19:03

r.pl__
Ufff

r.pl__
¿Oyes eso? Soy yo. Llorando en las duchas de los vestuarios.

zzzzoe___
nunca llueve eternamente 🙃

r.pl__
Lo siento, las lágrimas me impiden continuar con la conversación

r.pl__
💔

Doy otro sorbo al Pediasure. Está tan dulce que siento que se me fragmenta el cerebro en dos; que perderé el juicio definitivamente, como Bart y Milhouse en ese episodio de *Los Simpson* en el que tienen una sobredosis de azúcar inducida por un *fresisuis* —Emi y Lisa no son las únicas amantes de los dibujos de los años noventa—; que los colores del mundo son demasiado brillantes y los bordes demasiado afilados.

Si bebo una sola gota más, no volveré a ser capaz de tomar café amargo y perderé todo el respeto que me tiene Jorge. ~~¿Por qué querrías el respeto de un chico que es, como mucho, el amigo de un amigo/de un chico que *podría* gustarte?~~

Si bebo una sola gota más, la Zoe de Antes empezará a ganarme terreno. ~~¿No la echas de menos? ¿Ni siquiera un poquito?~~

Si bebo una sola gota más, algo en el estómago hará crac, y empezaré a desparramar todo lo que llevo dentro aquí mismo, sobre la mesa. ~~¿No has pasado meses desparramando cosas sin quererlo?~~

Si bebo una sola gota más, lo sentiré todo con demasiada intensidad. ~~De eso se trata. Eres más monstruo que chica, pero todavía eres un poco chica. Todavía.~~

Finjo que sorbo cada vez con más lentitud, durante tres canciones. Después tiro el envase casi lleno a la basura y lo entierro entre las bolitas de papel de mis apuntes en sucio, como una niña que entierra entre algodones las muñecas con las que ya no juega.

12

Casi normal pero no normal del todo

El gran debate de la comida reside en si resulta socialmente aceptable pedir solo un postre y un primero en una cena elegante.

—Bueno, Ana María, ya sabes lo que dicen de las cenas elegantes —canturrea Ro, que aprovecha para esconderse las migas de pan en el calcetín ahora que Julia no la ve.

La miro, pero resisto a la tentación de imitarla. Si cayese en comportamientos así, algo más se rompería dentro de mí. ~~O todavía quieres tenerlos a todos contentos. Quieres ser la paciente perfecta y que el número en la báscula no deje de bajar. ¿Crees que eso no te va a romper?~~

Ana María arruga la nariz.

—¿Qué?

—Que tienes que llevar un bogavante.

Ana María pone los ojos en blanco.

—Y si es una cena de gala…

—Llévate una cigala —termino por ella, riéndome.

Ana María nos hace un corte de mangas cuando Julia se da la vuelta. Pero reparo en que las comisuras de sus labios tiemblan, como si contuviera una carcajada gloriosa.

—La *bavaroise* de frambuesa es mi postre favorito —explica, enarbolando el menú que le espera en la cena de Navidad de su empresa—. De pequeñas, mi tía nos lo preparaba siempre. Y la sopa de alcachofa suena interesante. Los segundos no me atraen en absoluto.

No sé si es prudente creerla o no.

Tan solo nos dejan leer y conversar sobre un menú con calorías porque Ana María deberá asistir a una cena de empresa, y enfrentarse a sus miedos implica un gran paso en la recuperación.

Cuando Brais repara en nosotros, se detiene en mitad de un paso.

—¿Algún cotilleo del que todavía no me he enterado?

—La cena de Navidad de mi empresa.

Brais asiente con una admiración que no se preocupa por disimular.

—¡Guay! ¿Se permite acompañante?

Ana María irrumpe en una risotada seca.

—Ojalá. A Dios gracias que tengo una invitación yo. Irán un montón de periodistas importantes, *influencers* y gente así. Solo me han añadido a la lista porque hubo una cancelación a última hora y ya están todos los cubiertos pagados.

Brais asiente.

—El asado tiene buena pinta.

La más calculada y lenta de las sonrisas.

—Estaba pensando en la sopa de alcachofa y la *bavaroise*.

Brais se queda esperando un par de segundos a que añada algo más. Ante su silencio, sacude la cabeza y se ríe.

—¿Ves? Por eso necesitas un acompañante. No me puedo creer que hayas pasado veintisiete años en la Tierra sin aprender las leyes básicas de la etiqueta. Puedes pedir dos platos y postre, solo dos platos o un segundo y un postre.

¿Pero un primero y un postre? No, guapa, eso es inadmisible.

—Ninguno de los segundos me llama la atención.

—El asado tiene buena pinta —repite Brais.

Ana María no cae en la trampa.

—Entonces cómprate una peluca, ve en mi lugar y me lo cuentas.

—Me halaga que creas que con una peluca ya daría el pego. No tengo tan buena nariz como tú, entre otras cosas. ¿Qué me dices de la merluza? Te gusta, ¿no?

Ana María medita sobre ello como si tomara la gran decisión que fuese a cambiar el rumbo de su vida a partir de ese momento.

—Pero quiero probar la sopa y la *bavaroise*.

—Pues pídete la sopa, la merluza y la *bavaroise*.

Una risita nerviosa.

—No, es demasiada comida para una cena.

—Por eso es una cena de Navidad. Normalmente se come más.

Ana María se rasca detrás del cuello. La otra mano, que sujeta el tenedor, está en constante temblor.

—¿Y la opción vegana? —tanteo.

Es un cuscús al limón con verduras asadas que me hace recordar las barbacoas en la playa a finales de junio.

Para no pensar en ello, mastico el bocado de pollo al curry una, dos, tres, cuatro, cinco, seis, siete, ocho, nueve, diez, once, doce, trece veces.

Intento disfrazar de tic nervioso el movimiento continuo de la pierna, pues me he convencido de que cada mínima caloría quemada será *la* caloría definitiva que conseguirá que no suba de peso con la dieta del hospital.

Ana María muerde el mango del tenedor.

—Quizá.

Brais alarga un par de segundos más su parada antes de darse por satisfecho y concentrar toda la atención en otra de las mesas.

Cuando Ana María termina la comida, hace uso de su privilegio —el portátil— durante los siguientes treinta minutos. Me fijo en que abre el documento en el que tiene que comunicar su elección del menú y selecciona la sopa —299— y la merluza —343—, olvidándose por completo de la *bavaroise* —795—. Debo admitir que yo habría tomado la misma decisión que ella, claro que sí.

No es papá, sino mamá, con quien paso el fin de semana, y cree que el concierto es una gran idea. Quizá porque papá y ella *empezaron a llevarse* en un concierto —Love of Lesbian, 2001— y eso le hace pensar en su adolescencia. Mi foto favorita de ella la tomaron esa noche: el pelo largo, lacio y rubio a lo Kirsten Dunst en *Las vírgenes suicidas*, destaca contra la chupa de cuero que le robó a papá; la mitad inferior de la cara, oculta por la hamburguesa de queso que está comiendo. Mucho más tarde me di cuenta de por qué me atraía tanto esa foto en particular, el mismo motivo por el cual hay un subgénero de fotografías de modelos, bailarinas y gimnastas comiendo: existe una especie de fascinación colectiva por ver comer a las mujeres delgadas, especialmente si se trata de comida basura. Quizá debería retomar el blog con un artículo al respecto. Si encuentro las palabras.

—Es el sábado. Como el viernes tenemos terapia, ¿le puedo preguntar al doctor Herrera si me da permiso para saltarme esa cena? En el local habrá pizza, patatas fritas… esas cosas.

Estamos paseando por la playa y hace tanto viento que debo apartarme constantemente los mechones, se me pegan al brillo de labios. Camino tan rápido como puedo; mamá no dice nada porque ha aprendido a escoger sus batallas y esta es muy pequeña. No merece la pena discutir al respecto.

—No sé.

—Venga, porfa. No quiero ser la única que no coma nada, pensarán que soy rara.

A mamá le tiembla el labio superior, casi como si se preguntase si es creíble que yo, la hija que se estremece ante la perspectiva de untar una capa ligeramente más gruesa de mantequilla en la tostada, estuviera dispuesta a llevarme a la boca un trozo de pizza cuatro quesos.

—Emi puede vigilarme —insisto.

Mamá se muerde una uña. Aún tiene pinta de modelo, *groupie* o cantante *grunge*, sigue llevando el pelo lacio, largo y rubio; el cuerpo, naturalmente esbelto. No entiende qué podría llevar a alguien a dar el salto al vacío entre comer sano y calcular cada parcela de su vida de modo tal que no quede espacio para nadie más.

—Si subes de peso en la consulta del viernes —dice al fin.

Y me mira por encima de las gafas de montura fina —que no necesita—; igual que Emi, toda ella oscila de manera natural hacia las cosas guays de la vida.

—Y si al doctor y a tu padre les parece buena idea —añade.

Asiento. Parece justo.

—Vale. Gracias, mamá.

No responde directamente, pero se tira de los puños de la rebeca gris.

—Vamos a tomar algo caliente. Estoy helada.

Abrazo la taza humeante de té de frutas —mamá aceptó a cambio de que le echase dos azucarillos—. Estamos sentadas en una de las cafeterías de la playa, en la terraza; ella me cuenta los últimos chismes de su oficina y yo le hablo del libro que estoy leyendo. Siempre nos hemos relacionado así, casi como si fuésemos un poquito más amigas que madre e hija. Después de que papá y ella se divorciaran, hicimos maratones de *Las chicas Gilmore* y reparamos en las similitudes entre ellas y nosotras. Una madre estilosa y sociable, una hija ambiciosa y siempre escondida entre las páginas de los libros…

Cuando me pregunta por Rubén y por el concierto, finjo estar muy interesada en su esmalte de uñas azul celeste.

—Vale, lo pillo —ríe—. Tendré que interrogar a tu padre al respecto.

Pongo los ojos en blanco, pero le devuelvo la sonrisa.

Mientras comentamos *El verano en que me enamoré* —la serie a la que estamos enganchadas—, abro Instagram y echo un vistazo al perfil de Lady and the Macbeths. Me he negado a escuchar ninguna canción suya porque quiero que el concierto sea una sorpresa, de modo que esquivo los vídeos y le doy «Me gusta» a la foto de su último concierto: los tres disfrazados con pijamas de esqueletos para la noche de Halloween.

El ruido estridente del plato que dejan a mi lado desvía mi atención. Es una magdalena de arándanos —mis favoritas—, grande como un puño. La parte superior brilla con una capa crujiente de azúcar moreno caramelizado.

~~Quiero comérmela.~~

~~Quiero pedir otra.~~

~~Quiero quitarle los arándanos uno a uno y extraerles todo el sabor.~~

Mi siguiente sonrisa rezuma nervios.

—Es mucho.

Mamá no dulcifica la expresión.

—La mitad, por lo menos.

—Pero…

—La mitad o cambiaré de idea respecto a la cena del sábado.

Suspiro y arranco una de las almendras laminadas. La parto con las paletas. Mañana es domingo, el único día libre de hospitales. Puedo ingeniármelas para comer menos.

Un arándano. La explosión de sabores ácidos y dulces me levanta dolor de cabeza.

—También tienes que comértela, no solo picotearla como un pajarito —dice mamá, no sé si divertida o severa.

Asiento y pincho el primer bocado con el tenedor de postre. Bajo la mirada a la pantalla del móvil.

@ladyandthemacbethsband te ha bloqueado

Bajo las cejas, un reguero de sudor frío me desciende por la columna.

«¿Qué?»

Estoy a punto de abrir la conversación que tengo empezada con Rubén para decirle que su sentido del humor es espléndido, pero me fijo en la foto de perfil de la sesión que tengo iniciada: un fotograma de la película *Cisne negro*. Es la cuenta secreta y privada en la que apenas subo contenido y que utilizo primordialmente para mantener el contacto con las chicas que he conocido en los foros para pacientes de TCA que aún siguen en pie.

«Idiota, idiota, idiota».

Aunque sé que nada en el perfil puede relacionarse conmigo, entro para comprobar qué ha visto Rubén/Jorge/Gorka.

No hay nombre, solo el emoji de un corazón blanco. La biografía es la letra de una canción de Phoebe Bridgers: *I wanna be emaciated* —literalmente, «quiero estar en los huesos»—. Aunque no habría podido ver ninguna foto porque son privadas, jamás he mostrado mi cara o nada que me haga reconocible.

«Estoy a salvo».

Cierro sesión enseguida y me prometo no utilizar de nuevo esa cuenta. Espero un tiempo prudencial —el que tardo en masticar y tragar tres bocados de magdalena más— para entrar en mi cuenta personal y mandarle una foto de la merienda a Rubén.

zzzzoe___

mmm… pediasure debería ponerse a trabajar
y crear un batido de arándanos

Rubén lee el mensaje, pero no contesta de inmediato. Dios. A lo mejor supo leer las señales. A lo mejor le hablé alguna vez de *Cisne negro* o de Phoebe Bridgers. A lo mejor se ha dado cuenta de que siempre utilizo el emoji del corazón blanco en lugar del rojo, el violeta o el azul.

«Idiota, idiota, idiota».

«¿Por qué siempre tienes que apretar el botón de autodestrucción?».

Doy un sorbo demasiado largo a la infusión, el líquido rojo me abrasa la garganta a su paso.

El móvil vibra sobre mi muslo.

r.pl__
Bah. No me das envidia :)

Me manda una selfi tomada desde lo alto, como esas fotos de cámara digital de los dos mil. Está sentado en el patio, puliendo la tabla de surf, todavía en pijama; sobre la pierna derecha balancea una taza de leche con galletas de ositos sabor miel.

Respiro. Siento que estoy hecha de aire, que de un momento a otro me convertiré en vapor sobre la silla.

zzzzoe___
omg las siguen vendiendo??? socorro,
las de chocolate eran mis favoritas de pequeña

r.pl__
¿Qué? NOOO, no les faltes al respeto a las de miel :(

zzzzoe___
sé que sufriste un trauma relacionado con el pediasure
de chocolate, pero debes admitir que la miel JAMÁS
podrá competir con el chocolate. imposible.
puedes preguntárselo a cualquiera

r.pl__
Amistad terminada con Zoe Lamarca

zzzzoe__
🙄

r.pl__

Lo siento, pero has excedido el cupo de veces que puedes romperme el corazón

Doy otro mordisco a la magdalena. Está tan rica y tengo *tanta* hambre. Si después de este me atrevo a tomar otro bocado, ya estaré atacando la mitad que no tengo obligación de comer.

Mi estómago dice: «Hazlo, hazlo, hazlo».

Mi cabeza dice: «Ya es suficiente».

Dios, el azúcar me está causando alucinaciones.

13

Real/irreal

En las películas de adolescentes suele haber una escena en la que la protagonista se mira al espejo, como si comprobara que es humana: cuando Jennifer echa un vistazo a los estragos de su aspecto, en *Jennifer's Body*; cuando Cady se inspecciona el maquillaje en un espejito de bolsillo, en *Chicas malas*; cuando Nina pierde el juicio en los vestuarios, en *Cisne negro*.

Estoy tan cansada que necesito una capa de maquillaje y otra de bronceador para que la piel parezca brillante y viva en vez de acartonada y gris. Brillo de labios. Colorete rosa. Sombra de purpurina en los párpados. Un toque de iluminador en los pómulos, en la nariz. Cuando termino, tras tantos esfuerzos, casi parezco una chica de verdad.

He hecho uso de todos los trucos que conozco. Dejé de tomar laxantes. Bebí un Pediasure y una botella de agua con limón antes de irme a pesar. Cuando el número en la báscula fue trescientos gramos más alto que el de la semana anterior, y tras una sesión de terapia familiar más constructiva, el doctor Herrera accedió a dejar que hoy cenase en el local del concierto.

«Es un paso positivo hacia la normalidad», dijo.

Me sentí aliviada porque sabía que aquel peso no era

real. Me acaricio las clavículas con los dedos. Siguen ahí. Estoy bien. Lo tengo todo bajo control.

Emi llama a la puerta de mi habitación —ha venido a casa de mamá a prepararse— y entra. Estudia cuidadosamente mi elección de minifalda de cuadros y camiseta vieja de mamá que dice «No, thanks, I'll walk».

—Pareces un extra de la serie *Friends*. —Es su veredicto.

—¿Para bien o para mal?

—Solo hay una respuesta correcta.

Echo un vistazo a su vestido largo de terciopelo negro y al pintalabios de vampiresa.

—Bueno, tú pareces la versión tiktoker de Morticia Addams.

—Orgullosamente.

Soy una chica normal que acude con su mejor amiga —su hermana— al concierto del chico que tal vez le guste. Me meto un chicle de melón en la boca y lo muerdo hasta extraerle todo el sabor.

«Estaré bien. Estaré bien».

El local es un bar con aspecto de gruta e iluminación naranja en la zona universitaria de la ciudad. Tiene las cañas a un euro, una pizza legendaria de pimientos de Padrón —sin comentarios—, luces de Navidad en las paredes y noches de micro abierto los martes y los sábados.

—Central Perk —dice Emi, guiñándome el ojo—. Como en la serie *Friends*.

Da un sorbo largo al cubata; es la única —excepto yo, con mi Coca-Cola *light*— que ha desdeñado las cañas de un euro. Solo porque me está mirando, cojo uno de los pimientos de Padrón de la pizza que compartimos con sus compañeros de clase, a quienes conozco de vista. Finjo que es de los picantes para ganar tiempo antes de llevarme algo más a la boca.

Lo estoy haciendo todo bien. El doctor Herrera dice que las mesas compartidas con varios platos resultan más fáciles. Así se puede elegir lo que se quiere comer, en qué cantidad —una perspectiva muy distinta a la de los menús del hospital— y, sobre todo, devolverle el factor social a la comida. Comida como amistad. Comida como cariño. Comida como muestra de afecto.

Tres cosas que nunca se me han dado bien.

Los aplausos me arrancan de cuajo de mis pensamientos. Los chicos acaban de subirse al escenario —una plataforma redonda y elevada al fondo, junto a los baños—. Gorka, ataviado en una camisa maravillosamente rosa, da un paso hacia el micrófono.

—Eh, ¿cómo os va? Soy Lady. —Exagera una reverencia ante el coro de risas que sigue a la frase—. No os preocupéis, señoritas, soy bisexual. Como siempre suelo decir: entre tanto festejo, tanto es bueno *cimbrel* como conejo. Me gusta todo sobre todos.

Las carcajadas afloran tan ligeras que me parece flotar sobre ellas mientras me llevo a los labios una patata frita salpicada de demasiada mostaza.

Jorge, que hasta entonces ha estado ajustando la batería, se coloca junto a Gorka y dice:

—Es una lástima que no a todos les gustes tú.

Solo por eso, Gorka le propina un codazo en las costillas.

—Ese es el peor de los Macbeths.

—Siendo yo el mejor —susurra Rubén, el pelo trigueño azul bajo el efecto de las luces de colores.

Gorka lo mira de soslayo.

—Ese es un asunto que todavía debemos zanjar. Hay sitio en el escenario para más Macbeths, por cierto. No nos importa vuestro credo, vuestra raza ni vuestra marca de cereales favorita. Solo tenéis que adorarme.

—Y eso limita el número de candidatos —reponen Rubén y Jorge, al unísono.

Gorka les chista para que se callen. El último silbido de ese sonido se solapa con los acordes de su bajo y de la guitarra de Rubén. Son buenos. Buenos de esa manera sucia, caótica y poco premeditada que me recuerda a los grupos de referencia de los años noventa.

Me lamo los restos de mostaza del labio inferior. Emi se pide otro cubata porque dice que está intentando olvidar a su exnovia, a pesar de que cortaron en septiembre del año pasado.

—Me escribió de la nada para preguntarme cómo me va —dice, la voz ya algo más melosa y adormilada de lo habitual.

—Bloquéala —sugiere una chica de pelo corto y vestido de seda verde.

Emi niega con la cabeza.

—Todavía nos llevamos bien. No terminamos mal ni nada. Es solo que… no sé, no puedo pasar página.

—Tía, que aún estás pillada —opina el chico muy alto de chaqueta vaquera a su lado—. Bloquéala hasta que se te pase un poco.

Como respuesta, mi hermana suspira prolongadamente.

El compañero sentado frente a ella, de visera y sudadera *vintage*, me ofrece el último trozo de pizza. Cuando lo rechazo, siento los ojos verdes de Emi, redondos como canicas, que me taladran la frente. Cojo dos, no, tres patatas fritas más y me lamo los restos de sal del dedo.

1 pimiento + 4 patatas + 1 cucharadita de mostaza = 150.

«Estoy bien, estoy bien».

Puedo tomar los bordes del trozo de pizza de Emi —50— o cinco patatas fritas más, sumergidas en kétchup —70—.

«Estoy bien, estoy bien, estoy bien».

~~Quiero probar la famosa pizza de pimientos de Padrón del Central Perk.~~

~~Quiero unirme a las bromas del grupo de amigos de Emi en lugar de sentir que soy una figurante en un reparto de actores muy extenso.~~

~~Quiero ser una chica de verdad y no una chica que está fingiendo ser una chica.~~

Después de tres canciones, Gorka juguetea con el micrófono y dice:

—Esta demostración ha agotado nuestro talento como compositores, así que ha llegado la hora de destrozar las canciones de vuestros artistas favoritos. Lo siento.

Hacen una rendición punk de *The Lucky One*, de Taylor Swift, mientras Emi dibuja ochos en los restos de cerveza sobre la mesa y yo me meto una patata frita más en la boca, el exceso de sal me envía latigazos de dolor a la cabeza.

You wonder if you'll make it out alive.
And they'll tell you now, you're the lucky one.
Yeah, they'll tell you now, you're the lucky one.

—Leire no te merecía —le digo a mi hermana—. Era posesiva, pero después pasaba de contestarte a los wasaps durante días.

Emi asiente en silencio.

—Siempre cuidas de los demás —le recuerdo.

Para esto ya no tiene respuesta, y *The Lucky One* se convierte en *Homesick*, de Noah Kahan.

Time moves so damn slow, I swear I feel my organs failing.

Me da la sensación de encontrarme en un submarino. La luz, ahora verde, de la pared es demasiado suave un segundo y tan fuerte al siguiente que debo pestañear para que no me dañe los ojos. Doy un sorbo largo a la Coca-Cola, las burbujas me hacen saltar las lágrimas. Muerdo otra patata y me rodeo la muñeca con el índice y el pulgar, casi comprobando que no haya cambiado de tamaño en los últimos veinte minutos.

Estoy muy, muy, muy cansada. Apuesto a que, si me miro en el espejo ahora, descubriré el maquillaje ya derretido, dejando a la vista mi verdadero rostro.

I'm mean because I grew up in New England.
I got dreams, but I can't make myself believe them.
Spend the rest of my life with what could have been.
And I will die in the house that I grew up in.
I'm homesick.

Me siguen picando los ojos, aunque esta vez no por la Coca-Cola. Me echo de menos. Dios, me echo *muchísimo* de menos, y este es un sentimiento tan lacerante, tan inútil, que me quema la piel. Es como tener un flechazo no correspondido con mi yo del pasado, una chica que ya no existe.

Aprovecho la breve intermisión entre dos canciones para huir al baño de género neutro. Hay, de hecho, muchas fotos de *Friends* en las paredes, y todas parecen emborronarse en cuanto me siento en el retrete del cubículo.

Me tiemblan las piernas, y los músculos del vientre se me contraen con los espasmos habituales de los cólicos. Me tomé un laxante antes de venir, con la promesa de que tardaría de ocho a doce horas en hacer efecto, pero el cuerpo me odia casi tanto como la mente y no me concederá un solo segundo de descanso.

No sé por qué, pero me saco el móvil del bolso y le mando un privado a Ro. Quizá porque la música ha terminado —o no la oigo desde aquí— y el silencio asfixia, tan pesado que me encorva los hombros. Quizá porque no puedo sacarme de la cabeza la expresión triste en el rostro de mi hermana. Quizá porque he comido ~~demasiadas/muy pocas~~ patatas fritas, y porque el kétchup se me ha convertido en una piscina roja en el estómago. Quizá porque es la única persona con quien puedo hablar que entenderá lo humillante y frustrante de la situación, porque tal vez la enfermedad se encuentre en mi cabeza, pero es la mano física que tengo ante mí la que elige tomar laxantes como si fuesen multivitamínicos.

zzzzoe___
me acaba de explotar el culo en un baño público

rocio.villanueva
bienvenida al club

rocio.villanueva
no puedes tener un tca y además el privilegio
de unos intestinos funcionales

rocio.villanueva
todas tenemos historias de miedo sobre baños 🙂

zzzzoe___
creo que veo a dios

rocio.villanueva
jesús? ana maría? el dios de la mierda?

zzzzoe___
eres una hereje

rocio.villanueva
soy muchas cosas. ahora mismo, por suerte, no la chica
desesperada en un baño público

rocio.villanueva
estás sola?

zzzzoe___
mi hermana está fuera

rocio.villanueva
dile que te traiga un aquarius y un vicks vaporub.
es mano de santo para los mareos (el vicks)

zzzzoe___
estoy bien

rocio.villanueva
no le mientas a una mentirosa

rocio.villanueva
estás hablando conmigo, esto significa
que estás desesperada

zzzzoe___
no tenía muchas opciones. eras tú
o las fotos de friends de la pared

rocio.villanueva
ké???

Para ilustrar mi afirmación, tomo una foto de la pared del cubículo. Un reguero de sudor frío me brilla en el labio superior, pero ya empiezo a ver las cosas con más claridad, a sentir el suelo más sólido bajo los pies.

rocio.villanueva
mierda, zoe, es la cosa más kitsch que he visto en la vida

La puerta del baño se abre con un chirrido y alguien entra en el cubículo de al lado. No, *esa* es la cosa más kitsch que he visto en la vida, especialmente cuando va seguida de una carcajada que me resulta familiar.

—¿Qué necesitas? —dice la voz de Jorge, húmeda de risa—. ¿Electrolitos, un azucarillo, un Valium, una ambulancia, un cubo...?

Rezo para que la siguiente voz que oiga no sea la de Rubén. Rezo como Juana de Arco. Podría ver a Dios (no a Ana María) aquí mismo, en este cubículo, si me esforzase.

—A ti —responden, y está claro que hoy no es mi día de suerte—. Yéndote a la mierda. Rápido.

—Un Valium, entonces.

—Dios, siempre supe que moriría en un baño.

—¿Una ambulancia?

—Una pizza.

—Ya, no te voy a dar nada con queso.

—Vale, vale, pues unas patatas. Me siento como uno de esos niños victorianos… Mierda, también necesito papel.

Oigo que Jorge abre y cierra las puertas del resto de cubículos.

No le digo nada más a Ro porque la situación es demasiado humillante incluso para compartirla, pero, sobre todo, porque quiero quedarme muy, muy quieta y no hacer ningún tipo de ruido que pudiese delatar que estoy allí.

Jorge resopla. Veo sus mocasines —en serio— en el huequito bajo la puerta.

—Eh, Doctor Martens, ¿tienes papel ahí?

Cojo el rollo y se lo lanzo a Rubén por el hueco de encima de la pared, sin decir nada. Debe de alcanzarlo al vuelo, pues enseguida le oigo decir:

—Gracias.

Espero a oír la cisterna, el grifo, el secamanos, la puerta. Antes de salir cuento hasta sesenta y procedo a lavarme las manos hasta que se me enrojece la piel, casi en llamas.

Al regresar a la luz acogedora del bar, Emi me pregunta:

—Dios, ¿qué hacías?

Está pálida, el pelo tan húmedo por el sudor que parece un par de tonos más oscuro de lo habitual. Tiene un aspecto casi tan cansado como el mío; las ojeras, como marcas de café.

—Estaba preocupada —insiste, ahogando la broma de uno de sus compañeros de clase.

Le tiemblan las cejas. Su rostro es muy expresivo, por lo que ahora las cejas forman una «uve» invertida perfecta, un sinfín de arruguitas cuarteándole la frente.

—No lo pillo —sisea—. ¿Por qué lo haces? Eres inteligente, y eres guapa…

Desvío la mirada.

—No creo que sea guapa. —Fuerzo una sonrisa—. Y está claro que no soy tan inteligente.

—¿Por qué lo haces? —repite—. Se supone que tenía que asegurarme de que comieses. ¿Cómo crees que me hace sentir esto?

La chica en el escenario toca una versión de *Writer in the Dark*, de Lorde. La chica que viste esta falda de cuadros y esta camiseta con olor a alcanfor desearía estar en Marte en este momento.

—Lo siento.

—Me prometiste que lo intentarías.

—Lo siento —digo, esta vez más bajo, como si el suelo/las paredes/la vergüenza me succionasen la voz—. Y si… Deberíamos irnos a casa.

—Tendrías que comer algo. Pareces un fantasma.

No me resisto mientras tira de mí hacia la barra, tampoco cuando me pone el menú en las manos. Esta carta de tamaño A4 —sin calorías— es un museo a mis mayores temores: croquetas/pizza/patatas/panini/sándwich/aros de cebolla/hamburguesas

~~Quiero probarlo todo y decir que quiero más.~~

~~Quiero hundirme en un vaso lo suficientemente grande como para contenerme.~~

~~Quiero estar vacíavacíavacíavacíavacíavacíavacíavacíavacíavacía.~~

~~Quiero irme a casa, dormirme con mis películas favoritas de fondo y despertarme cuando sea humana.~~

Una mano me golpetea el hombro.

—Podemos compartir las bravas, si quieres. Estos bellacos y yo siempre nos pedimos como cinco kilos.

Alzo la barbilla para encontrarme con la sonrisa grandiosa y los ojos azul nomeolvides de Rubén.

—S-sí —accedo, mientras miro de reojo a Emi, que me evita—. Suena bien.

—O —susurra Rubén, inclinándose ante mí— en el bar de al lado preparan unos bocatas de tortilla con mojo que son… Dios, mataría y moriría por ellos.

Me río.

—Déjame adivinar: las patatas son tu comida favorita.

—Pues resulta que sí.

Me acerca el plato de bravas. Necesito dos segundos más de lo socialmente aceptable para identificar la patata con menos salsa, y cojo un tenedor desechable de la barra para pincharla.

~~Cuando era pequeña, me encantaba la salsa brava. Me gustaban todas las comidas picantes que hacían que la gente me mirase con admiración. Cuando iba a primaria y papá me llevaba a las ferias, mi actividad favorita era devorar las patatas bravísimas a las que él no se atrevía a enfrentarse.~~

Jorge me mira con una ceja arqueada. Estoy a punto de disculparme por mi lentitud/mis rarezas/todo mi ser cuando una sonrisa perversa se le desliza por los labios.

—Estas son unas Doctor Martens muy guays, Zoe.

Rubén se tapa la cara con la mano. La piel que queda al descubierto, en los huecos entre los dedos, es rojarojaroja. Emite un sonidito gutural.

—Son falsas —digo, como si así cambiase el significado de su frase.

Rubén se baja la mano muy, muy lentamente.

—Doctorando Martens —precisa antes de que nadie pueda comentar algo al respecto—. Ya sé, ya sé, cuando hago el ridículo me corono con un chiste malo. Para mantenerme humilde, ya sabes.

Gorka alza su caña de un euro hacia él.

—No eres un payaso, sino el circo entero.

—Bueno, alguien tiene que serlo. —Se muerde el labio inferior—. Entonces… ¿Te hemos convencido respecto al punk?

Aprieto los labios y pongo expresión de pensar, aunque la respuesta podría ser fácil y rápida en mi lengua.

—Mmm… Puede que necesite un par de conciertos más.

Rubén me dirige una sonrisa ladeada y se le dibuja un único hoyuelo en la mejilla izquierda.

—¿Dices eso porque te hemos parecido un horror o porque quieres una excusa para venir a más conciertos?

—Quizá… quizá lo segundo.

Rubén se seca unas gotas de sudor inexistentes de la frente.

—¡Menos mal! Por fin mi noche empieza a mejorar.

El tenedor, que todavía tiene la patata pinchada, pesa una tonelada y requiero una fuerza hercúlea para evitar que se caiga.

Emi, que habla con —ignorando a— Jorge, me mira con tanta intensidad que podría dejarme marcas en la piel. Si me llevara la patata a la boca ahora, sabría a culpa.

¿Cómo se las arregla el resto para comer como si este acto no tuviese ninguna relevancia, ninguna repercusión? ¿Cómo consiguen elegir su comida favorita sin que los acechen imágenes de números, números ingeridos, números que marcan tu valor? ¿Cómo pueden caminar, hacer chistes, hablar, existir en este mundo? ¿Cómo pueden ser humanos de una manera que no cause picores en la piel a otros humanos?

—No estás comiendo —susurra Emi.

O tal vez me lo haya imaginado. Tal vez el hambre/el laxante/la música/la proximidad del cuerpo de Rubén me hagan alucinar.

Fuerzo una sonrisa.

—Dios, ¿no te pasa a veces que te distraes tanto hablando que se te olvida comer?

Aunque es mentira. Antes del hospital me dormía planeando las comidas que tomaría al día siguiente. Ya no puedo ni imaginarme una vida en la que las elecciones en torno a los alimentos y los números asociados a ellos no lo ocupen todo.

Gorka frunce el cejo. Dice, la boca llena de pizza de beicon:

—Dios, no.

Rubén me sonríe.

—Emi y tú sois hermanastras, ¿no?

—Sí.

—O sea, que creciste siendo hija única.

—Eh… sí.

Da una palmada triunfal sobre la mesa.

—Eso lo explica. Cuando tienes hermanos aprendes a comer mucho y rápido antes de que esas hienas devoren lo mejor de cada plato.

No encuentro ningún comentario ingenioso o chispeante con el que responder. Aunque lo tuviese, no me daría tiempo a pronunciar ni la primera palabra.

Emi —todavía más pálida, con polvo de máscara de pestañas sobre los pómulos— traga saliva y susurra:

—Zoe, come, por favor.

—Estoy comiendo —digo, y cojo dos patatas más, y una tercera, porque siento todas las miradas del mundo en la nuca—. Estoy bien.

Chasca le lengua.

—Tu padre va a matarme.

—Estoy bien.

Una cuarta patata. Tengo tanta hambre que podría comerme mi propia mano, tenedor de madera incluido.

~~En el hospital me tienen a dos menús de dos platos y postre al día. Esta hambre es gigantesca, monstruosa, inabarcable. Esta hambre no responde a nombres humanos.~~

—De verdad que no lo entiendo —musita tan flojito que creo que solo la oigo yo—. O sea, come y punto. No debería ser tan difícil.

Me acerco a por una quinta patata, pero el espacio vacío entre mi mano y el plato crea una atmósfera tan espesa que no logro atravesarla.

«No. Debería. Ser. Tan. Difícil».

14

Fuera y dentro del mundo

Como mamá y papá viven en puntas opuestas de la ciudad, Jorge acompaña a Emi mientras que Rubén me acompaña a mí. Tengo la ligera sospecha de que la casa de papá le quedaría más de camino, pero los chicos buenos no permiten que las chicas buenas se suban solas al tranvía nocturno.

No hay nadie más en el vagón excepto nosotros y el señor de la fila delantera, que está leyendo el periódico. —¿A qué tipo de persona le apetece leer un periódico de madrugada?—. Estamos en silencio, ambos con uno de los auriculares —de cable— de Rubén en una oreja.

La calle es de un azul cobalto al otro lado de la ventana, el cantante de The Kickbacks me canta al oído que este no es el final y la rodilla de Rubén choca contra la mía; todo su cuerpo emite un calorcito agradable y analgésico.

—¿Escuchaste… escuchaste lo que dijo Emi? —le pregunto, porque las cosas que se dicen a las tres de la madrugada no cuentan.

Rubén alza la vista, casi como si buscara la respuesta en los recovecos del cerebro.

—Creo que estaba borracha. Intento no hacerle mucho caso a la gente borracha, una lección valiosísima que aprendí de Gorka.

No sé si va en serio o si se muestra discreto. Mis Doctorando Martens chocan contra sus Converse.

—¿Por qué me invitaste a café, la primera vez?

Arruga la nariz.

—¿Porque te atropellé en la pista de hielo? Según tengo entendido, casi causé una amputación.

No me rindo. Cuando hay una herida abierta, me gusta hundir el dedo en ella hasta que empieza a escocer.

—Pero ¿por qué eres tan amable conmigo? Hasta hace un par de meses no me dabas ni la hora.

Aparta la vista, riendo. Un rubor muy, muy sutil se le extiende por los pómulos y el puente de la nariz, llegándole hasta las orejas.

—No sé, no parece la cosa más fácil del mundo, acercarse a ti. O sea, intimidas un poco.

Me atraganto con mi propia risa.

—Yo. Intimido.

Como un conejito de peluche color rosa algodón de azúcar.

—Bueno, estás siempre leyendo, con los cascos puestos... No quería interrumpir. Todo el asunto del accidente me dio la excusa perfecta... Sin sugerir que lo hice adrede, claro. Tengo suficientes escrúpulos como para no lesionar voluntariamente a una chica con la esperanza de iniciar una conversación.

—Pero ¿por qué querrías hablar conmigo?

Su risa es casi líquida, dorada. Vuelve a taparse la cara con la mano, como en el Central Perk.

—Dios, ¿quieres que te lo deletree? No sé, siempre estás leyendo libros interesantes, y cuando bromeabas con Emi o con tu padre me hacías mucha gracia, y está claro que eres muy guapa.

Bajo la vista al suelo, pues ahora mi cara también está teñida de todos los tonos posibles de rojo.

—Eres guay —insiste.

Y emito un ruido explosivo por la nariz.

—Ya, claro.

—Eres guay —repite—. Y… creo que esta es tu parada, ¿no?

Me vuelvo hacia la ventana. Las luces del supermercado veinticuatro horas y de los escaparates de las tiendas cerradas me resultan tan estridentes que parecen pertenecer a otra dimensión.

—Mierda, sí.

Me acompaña los cinco minutos restantes hasta casa y durante el camino tenemos que contener la risa tonta. En la penumbra, y ahora que está desierta, mi calle resulta familiar y al mismo tiempo se me antoja como parte de una ciudad nueva que empiezo a conocer.

~~El espacio vacío de mi estómago define y desafía la oscuridad.~~

~~El olor de los *croissants* de pistacho del supermercado es tan intenso que puedo sentir el fantasma de su sabor en la lengua.~~

Quiero sentir que pertenezco a este mundo más de lo que lo hago.

Al llegar al portal, y solo para aprovechar el tiempo al máximo, finjo que me cuesta encontrar las llaves en el bolso. Con un golpe de cabeza, Rubén señala mi llavero de Pokémon.

—¿Ves? Eres guay. Eso es tener estilo —comenta.

—¡Ja! Sabes que *tú eres* la persona más guay que conozco.

—Oh, sí, Doctorando Martens, hoy especialmente.

Lo ignoro.

—Juegas al hockey, haces surf y tocas la guitarra en una pasada de grupo punk bautizado en honor a la obra más molona y sangrienta de Shakespeare.

—¿Esa no sería *El mercader de Venecia*? Por lo de aceptar carne humana como método de pago.

—El truco es que Shylock tenía que conseguir esa carne sin derramar una gota de sangre.

Esa es la frase más pretenciosa que he dicho en mucho tiempo, pero Rubén se limita a responder con una carcajada. Su eco nos rodea.

—Estudias Literatura Universal, ¿no?

—¿Cómo lo has sabido?

—Además de lo del hockey, el surf y la guitarra tengo dotes de vidente. Y pensaba que la parte punk todavía no te había convencido.

—Pero se me puede convencer —digo, e introduzco la llave del portal en la cerradura.

Rubén arquea una ceja.

—¿Ah, sí?

Se inclina ante mí para despedirse. No sé si es él o si soy yo quien se mueve, pero el beso en la mejilla acaba aterrizando en la boca. *Y su nariz está tan fría*, pero siento sus manos cálidas en la cintura. Huele a jabón de Marsella y a colonia de chico; el sabor de sus labios, suaves, tiene el fantasma de los mojitos del Central Perk que no probé.

Las manos bajan de la cintura a las caderas. Tenso la espalda. ¿Está tocando hueso, o la capa de grasa que lo protege? ¿Cree que es un cuerpo demasiado grande, o demasiado pequeño? ¿Se parece a los cuerpos de las otras chicas con las que ha estado, o a algo completamente distinto?

Se separa; la nariz y las mejillas, espolvoreadas de rojo.

—Perdón.

Sonrío.

—No, me ha gustado.

Esta vez sí que soy yo quien da el siguiente paso.

15

El sabor del vacío

La mañana del domingo escucho *You're on Your Own, Kid*, de Taylor Swift, en bucle. Dice:

From sprinkler splashes to fireplace ashes,
I gave my blood, sweat and tears for this.
I hosted parties and starved my body
like I'd be saved by a perfect kiss.

No es cierto. La última parte, por lo menos. Los labios suaves con sabor a mojito de Rubén no tienen el poder mágico de ahuyentar las voces de mi cabeza o de lograr que el reflejo que veo en el espejo se ajuste más a la realidad y que esta no me asuste con sus bordes afilados. Durante el desayuno me echo en el cuenco la cantidad más pequeña posible de yogur de vainilla —las normas más incomprensibles del hospital no funcionan en casa—. En la comida me termino la lechuga y el tomate de la ensalada de pasta y muevo de un lado al otro del plato los macarrones «porque todavía estoy un poco mareada del concierto».

Mamá estira los labios.

—¿Bebiste?

La primera vez que mamá y papá me dejaron beber fue

en la fiesta que celebramos en la graduación de cuarto de la ESO, cuando la Zoe de Antes ocupaba mi piel, que cubría un cuerpo con el índice de masa corporal recomendado. Dijeron que sabían de adolescentes incluso más jóvenes que bebían, y que no se engañarían a sí mismos pensando que no me las ingeniaría para conseguir alcohol a sus espaldas; así que preferían que fuese sincera y «aprendiese a ser responsable» cuanto antes mejor. No hemos reconsiderado esas normas desde mi enfermedad, pero sus opiniones al respecto deben de haber cambiado. Beber con el estómago vacío nunca es buena idea.

—Solo un mojito —digo, aunque no es verdad.

Encadené la Coca-Cola *light* con la Fanta de naranja Zero, y cuando les expliqué a los demás que no bebía —calorías innecesarias, aunque esto no lo comenté—, Jorge se mostró impresionado. Según me explicó Rubén, esa es la mayor señal de su admiración, algo bastante difícil de conseguir.

Supongo que si supiese la verdad, la admiración se habría convertido en algo distinto, amargo al gusto.

—¿Cuánto cenaste?

No me molesto en mentirle, quizá porque es cuestión de tiempo que Emi me delate, quizá debido a la culpa pegada en los huesos.

—Patatas fritas con mostaza y kétchup y algunos pimientos de Padrón. Luego compartimos una ración de bravas.

Mamá baja la vista a los restos de zanahoria rallada y maíz dulce de su plato.

—¿Y la proteína? No sé, me parece una ración muy pequeña.

—Lo sé. Comer fuera fue… más difícil de lo que imaginaba. Lo siento.

No dice nada. Se levanta para tirar sus sobras a la basura y después saca un plato de fresas de la nevera. Mientras compruebo Instagram —ni Rubén ni yo nos hemos mandado mensajes—, las corona con una cantidad majestuosa de nata.

—Si no te apetece la pasta, tendrás que tomarte el postre —me dice—. Y un batido.

Como la culpa que me empapa las entrañas no está conectada al cerebro, elijo tentar mi suerte.

—De verdad que no me encuentro bien.

Me coloca el plato de cristal junto a las manos.

—Ya has oído lo que ha dicho el doctor Herrera. Si sigues bajando, irás también por las mañanas.

—La última semana subí.

—Trescientos gramos —me recuerda—. Incluso el libro que estás leyendo pesa más que eso.

Para ser justos, es *Guerra y paz*. No soy tan cruel como para mencionárselo.

Por la noche, ya en casa de papá, Emi se tumba en mi litera para ver conmigo la comedia romántica que he puesto en el portátil. Se ha anudado el pelo en un moño despeinado y lleva una camiseta enorme de Krusty el Payaso, de *Los Simpson*.

—Lo siento —me dice.

La culpa que ya se ha hecho un nido en mis huesos crece y toma posesión de todo lo demás.

—Yo también.

Se estira para abrir la mininevera que le regalaron las Navidades pasadas y saca un par de mascarillas de gel para los ojos. Me acerco a la cara el antifaz que me tiende Emi, huele a granizado de uva; al ponérmelo, bajo los párpados y me invade una sensación de tristeza. En lo más profundo de mi ser, comprendo que no merezco este tipo de cuidados.

—De verdad que no entiendo por qué te haces esto —susurra, sin necesidad de definir «esto».

«Esto» tiene garras y dientes, y se mete en la cama con nosotras.

—Yo tampoco.

—Pero antes no eras así.

Me humedezco los labios.

—A veces… a veces creo que esto tenía que pasar. Que nunca pudimos evitarlo.

No hay respuestas fáciles, pero ahora veo todos los detallitos que podrían habernos alertado de haber conocido más aspectos sobre la enfermedad. Aunque en apariencia no podríamos ser más distintos, los pacientes de mi grupo y yo somos la misma persona en diferentes formatos. Soy ambiciosa, como Ana María y me refugio en los libros y los estudios, como Helena. Del mismo modo que Marina, no me siento tranquila si no agrado a los demás, y me pongo a la defensiva exactamente igual que Ro porque es más seguro alzar muros que arriesgarte a que la gente se acerque y te haga daño. Y tal como le sucede a Marcelo, ¿no he sentido muchas veces la tentación de dejar de formar parte del mundo definitivamente, aunque mi cuerpo permanezca dentro de él?

—Esto era inevitable —repito, y Emi sacude la cabeza.

—¿Por qué?, ¿por qué te haces tanto daño?

—¿Por qué no? La gente te trata mejor cuando adelgazas. Es como si antes no hubieras existido o no te considerasen completamente humana; después bajas de peso y te despiertas en un mundo en el que la gente te trata bien y te toma en serio sin motivo aparente, solo porque les gusta tu aspecto. Luego te dirán que te has pasado, que estás loca por querer continuar, pero dos minutos más tarde alabarán a otra chica por tener «la fuerza de voluntad» de cumplir con su dieta o comentarán que solo han tomado un café con hielo para desayunar, y desconocerán el motivo, pero eso les hará sentir poderosos. Y cuando una famosa baje de peso dirán que ha tenido un *glow up*, pues en el fondo saben que celebrar la delgadez resulta peligroso, pero la delgadez los atrae como a todo el mundo. Y cuando es el mes de concienciación de los TCA e invitan a una chica recuperada a un plató de televisión para hablar de su experiencia, siempre ponen de entrevistadora a una exmodelo de la talla treinta y cuatro. ¿Cómo lo hacéis los demás para no sufrir un trastorno? ¿Cómo podéis comer, y funcionar y *existir* en un mundo así?

Las palabras salen de entre mis dientes a tropel, casi pisándose entre ellas, peleándose por ser la primera en ver la luz.

La desesperación me consume, y podría arañarme la piel hasta que escociese si no me hubiese mordido las uñas hasta hacerme sangre.

Emi me mira con unos ojos enormes y febriles. Las cejas le tiemblan en la frente, cuajada de arrugas.

—Zoe, te estás matando.

No le contesto. El tropel de palabras, esas verdades que no me atrevía a verbalizar, han causado una fractura en los muros que me esforcé en levantar, y ahora lloro con la misma desolación e intensidad con la que sollozaba de pequeña cuando era incapaz de ir en bici sin ruedines.

—¿Es que te quieres morir o qué?

No le contesto.

Me *gustaría* tener un momento Eureka en el que la noticia de la muerte de una chica con un TCA a pesar de tener un peso sano me empujase hacia la recuperación. Me gustaría que el miedo o la angustia de mis padres o las lágrimas de Emi me hicieran reaccionar.

—Zoe, te he hecho una pregunta.

—No lo sé, ¿vale? No lo sé.

A lo mejor ya soy un fantasma. A lo mejor estoy muerta y he continuado con mi rutina porque no me he dado cuenta.

Cuando nos volvemos a ver, Ro no menciona nada sobre nuestra conversación; sin embargo, comenta casualmente, mientras desmenuza la carne de ternera con el tenedor, que Monica, de *Friends*, podría tomar asiento en nuestra mesa y a nadie le extrañaría.

—Una perfeccionista que quiere tenerlo todo bajo control y cuya vida gira en torno a la comida —resume, y aparta los trozos de carne con las manos hasta que Brais le llama la atención—. Podríamos abrir el manual de trastornos mentales, buscar la página de la anorexia nerviosa y en los grupos de riesgo aparecería una foto de Monica Geller.

Helena resopla. Viste una sudadera de un azul chillón que hace centrar la atención en las mechas lilas que lleva ahora en el pelo.

—Todas esas bromas sobre la Monica gorda me atacan los nervios. Guay, le pones un traje de gorda a una actriz que está en los huesos y la coña es que resulta patética porque le gustan los donuts.

A Ro no le da tiempo a idear una respuesta. Ana María, junto a Helena, se cubre la cara con las manos y rompe a llorar. Un llanto de desesperación, primario y casi animal, como el de un cachorro que echa de menos a la madre.

Helena se vuelve hacia ella, la mano cerca del hombro pero sin llegar a tocarlo, como si temiese que se rompiera al rozarla.

—Tía, que es solo una serie de hace un porrón de años —tantea.

Ana María se sorbe los mocos.

—Me importa una mierda la Monica gorda. Es que tenía muchas ganas de probar ese puto *bavaroise* de frambuesa. —Se seca los ojos, en vano, con el dorso de la mano—. Hasta hubo una cancelación de última hora y sobraba un postre y tenía *tantas ganas* de pedirlo para mí, pero dije que no.

Llora más fuerte, y su cara se tiñe de un rojo muy intenso y brillante. Intercambio una mirada con Ro, a quien se le escapa una risita nerviosa, casi apabullada ante lo minúscula que puede ser la gota que colma el vaso definitivamente.

Brais, que se dirigía a la mesa situada detrás de la nuestra, cambia el rumbo y se sienta junto a Ana María. Al contrario que Helena, se atreve a acariciarle la espalda.

—No pasa nada —le habla en voz baja, casi con dulzura—. Puedes probarlo el año que viene. O puedes volver al restaurante un día con tus amigas y pedirlo. O puedes buscar la rece…

Ana María hipa, con una nueva sacudida. No le deja terminar.

—Nunca me ascenderán y nunca me recuperaré completamente... ¡Y *odio* esta birria de pan que nos dais!

Coge la barrita —todavía en el envase de plástico— y la tira al centro de la mesa. Brais estudia la parábola que traza en el aire antes de caer, como quien observa con admiración un fenómeno natural.

—¿Qué le pasa al pan? —pregunta, serio, casi como si le interesase de verdad la respuesta.

Ana María traga saliva.

—Sabe a plástico. Y está duro como una piedra.

—¿Hay algún tipo de pan que te guste más? Y no me digas el pan integral o algo por el estilo, porque no colará.

Ana María estira el cuerpo, aún en constante temblor. Mira fijamente a Brais un instante más, casi sopesando en la palma de la mano el poder conferido.

—*Challah*.

Brais arruga la nariz.

—Ja... ¿Qué?

—Es un pan judío —le explica Helena, sin alzar los ojos del plato.

Ante eso, Brais pone los ojos en blanco. Se levanta. Parece preguntarse si esa es la respuesta que merece tanta generosidad, tanta atención, en un lugar donde la amabilidad se convierte en un arma de doble filo.

—Ya te lo he dicho: tráeme un documento firmado por un rabino que atestigüe que eres judía y será un placer cambiarte la dieta.

Se pone en marcha otra vez. Ana María, con la cara todavía roja y brillante pero ya más seca, se vuelve hacia él.

—No, espera, que es de verdad. Te lo prometo. Es un

pan trenzado, un poco dulce, con la corteza pintada de huevo. ¿Sabes…?

—Sí, sé a lo que te refieres. Fui una de esas personas que intentó hacer pan durante la pandemia. Énfasis en «intentó» —suspira—. Si tuvieras ese pan, ¿te lo comerías?

Ana María asiente en silencio. Los ojos, enormes y fervorosos, se sacuden como con un ansia insaciable.

Brais asiente.

—Vale. ¿Dónde venden ese… comosellame?

Ro suelta una risita seca.

—Solo tienes que encontrar una sinagoga y luego seguir el olor del pan.

Brais no responde al comentario. En su lugar, da un par de pasos para recuperar la barrita descartada de Ana María; la devuelve a su lugar, en la bandeja.

—Hoy te toca el pan de plástico, pero quizá mañana te sonría la vida. —Alza el índice hacia nosotras—. Y antes de que nadie diga nada: si el experimento sale bien, será un honor patearme todas las panaderías de la ciudad para que tengáis un pan que sepa a pan, *¿capisci*?

16

Días

Rubén no viene a la pista por la tarde. Siento algo frío en el estómago, como los dos segundos previos a la caída en una montaña rusa, cuando Gorka y Jorge me saludan antes de saltar al hielo. Después ese sentimiento se disipa, se evapora sobre la botella de Pediasure —abierta, pero todavía llena— y los apuntes de Historia. Eso es peor.

«Quiero sentir». ~~¿No era esto lo que buscabas? ¿El vacío perpetuo? ¿Ser tan fuerte que nada pueda perturbarte?~~

«Quiero prometerle a Emi que me esforzaré, y que la promesa sea real». ~~¿Quieres todo lo que viene después? Ser parte del mundo, con el sufrimiento que conlleva. Crecer, ocupando un espacio cada vez más grande. Hacer ruido, y arriesgarte a que los demás te miren porque no les gusta lo que ven.~~

«Quiero que papá y mamá vuelvan a tener una vida plena, que no se vean obligados a comunicarse mediante miradas que se acerca el momento de admitir que ya es inasumible el coste del tratamiento de su hija». ~~Si estás en el mundo, eres un problema. El denominador común de todas estas situaciones eres tú. Tú misma te has metido en el laberinto y ahora no encuentras la salida.~~

«Quiero darme el permiso de creer que me merezco cosas

buenas, y dejar de conformarme cuando algo no sale como me gustaría». ~~*You can't have your cake and eat it too.* No puedes volver a ser humana si no estás dispuesta a enfrentarte al mundo.~~

No quiero despertarme en diez años y llorar por haber tenido demasiado miedo de pedirme el postre con el que soñaba desde hacía semanas. Porque el problema no es el postre. Es lo que representa. ¿Pensarán los demás que soy una glotona?, ¿que pido demasiado, que quiero demasiado, que soy una ingenua por ignorar tal suma de calorías en el menú?, ¿que me estoy abandonando?, ¿que no me importa mi salud? Que…

Cada día, cuando entro en el hospital y paso por la recepción antes de subir en ascensor a la planta de psiquiatría, veo un cartel que recomienda usar las escaleras porque cada minuto subiendo peldaños quema nueve —9— calorías. ¿Y por qué no son sinceros con nosotros en terapia? ¿Por qué no admiten que siempre tendremos que remar contracorriente, que siempre deberemos seguir unas normas que el resto ignora? Si me recupero y adquiero un cuerpo como el de Helena, la gente que no me conozca lo verá como una derrota, no como una victoria. Si me recupero y las hormonas que he dañado me causan hinchazón en las mejillas, habrá quien piense que es un desperdicio. Si me recupero y no adopto una dieta orgánica y sana, algunos considerarán que he perdido una batalla al ganar una guerra.

¿Por qué no pueden admitir que tenemos que recuperarnos en un mundo hostil a la recuperación? Siempre escucharé a mujeres hablando de los fallos que perciben en sus cuerpos. Nunca podré evitar el sentimiento de traición cuando un hombre al que admiraba hable despectivamente del cuerpo de una mujer. Siempre habrá dietas, y cirugías, y modas. Y si me recupero en un cuerpo delgado —y llego a vivir tantos años como para que quienes me rodeen no sepan nada de mi trastorno—, escucharé que mi cuerpo, concretamente el mío, es algo de lo que debería sentirme orgullosa, pero mi subconsciente siempre temerá que el paso del tiempo cambie ese cuerpo y que no quede nada en mí que admirar.

No solo se trata de comer y demandar un espacio cada vez mayor. Se trata de comer en un mundo así, y de ser incapaz de encontrar la fórmula mágica para restarle importancia.

Y estoy muy, muy cansada. Demasiado para el tipo de pelea que supone la recuperación, y demasiado para continuar esforzándome tanto en bajar de peso a pesar del menú del hospital, de los batidos hipercalóricos y de la supervisión de la familia. Y cuando la voz gélida de mi mente me recuerda que soy estúpida, que ni siquiera estoy lo suficientemente delgada, que no tengo un TCA válido sino el TCA *light* de quienes buscan siempre la salida más fácil, apoyo la mejilla contra el libro de texto y me quedo dormida.

La cena consiste en puré de calabaza y ensalada nizarda. No debería costarme tanto, pero la realidad es distinta. La garganta se me cierra para impedir la entrada del líquido naranja, espeso y dulzón, incluso el hecho de subir y bajar la cuchara requiere una fuerza que no encuentro.

Le pregunto a Brais si puedo tomar un batido en lugar de la cena. Él me responde que debo intentarlo, al menos. Le digo que ya lo he hecho y que si me lo niega a causa de las calorías, pueden darme dos batidos en lugar de uno solo. No lo convenzo. Cuando pasan quince minutos más y lo único que he logrado tragar es un cuarto de clara de huevo, Julia me manda levantar y me lleva con la bandeja a una mesa aparte. Se sienta frente a mí.

—Tienes que comer —me dice.

—No me encuentro bien. ¿No podéis traerme un batido? No me importa si tiene más calorías.

No estoy segura de si la última parte es verdad.

—No se trata de las calorías.

Arqueo una ceja. Estamos en la unidad de trastornos de la conducta alimentaria. ¿No constituyen uno de los pilares del problema?

—¿Crees que no hay maneras más fáciles de conseguir que subas de peso? Sondas nasogástricas, nutrición parenteral..., pero esas medidas no se utilizan para curar los trastornos alimentarios, sino para tratar una emergencia médica. *Tienes que comer*. Tienes que aprender a comer y que eso no defina el resto de tu vida.

Vuelvo la cabeza hacia la ventana. Los mareos y las lágrimas que se me agolpan en los ojos me nublan la vista. Todo lo que me rodea parece sumergido bajo el agua.

—Quiero irme a casa.

—Zoe.

—¿Qué? No estoy mejorando. Llevo casi tres meses aquí y sigo igual. —Trago saliva—. No sé en qué situación se encuentran los demás, pero mis padres no son ricos. Apenas pueden pagar el tratamiento.

A estas alturas, lo más probable es que la mayoría de los ahorros para costear mi manutención mientras estudie en la universidad se hayan esfumado. Si saco buenas notas en Selectividad, tendré que estudiar en la universidad local porque no podremos permitirnos una residencia o un piso compartido. Me gustaría enfadarme conmigo misma al respecto, *sentir* físicamente la frustración y la rabia.

Julia estira los labios.

—Zoe, no hay nada que podamos hacer para curarte si no te quieres recuperar. Podemos lograr que ganes peso o que te libres de un ingreso, pero si no pones de tu parte, acabarás volviendo en unos meses.

Las lágrimas me abrasan la piel. Quiero secármelas con el dorso de la mano y fingir que nunca han estado ahí/quiero abandonarme por completo al llanto, como si fuese una niña otra vez.

—Quiero recuperarme. Estoy aquí, ¿no?

—Entonces tienes que empezar a dar pasos. Nadie va a salvarte. Tienes que hacerlo tú.

Me sorbo los mocos.

—¿Entonces por qué vengo todos los días? Si estoy sola en esto…

Julia no me deja continuar.

—No estás sola. Nosotros podemos guiarte, darte estrategias, apoyarte…, pero el salto tienes que darlo tú. Y hasta que no lo hagas no te sentirás mejor.

La noche es frustrante y el tiempo pasa con una lentitud que desespera. Soy incapaz de concentrarme en los apuntes que tengo que memorizar de cara a los exámenes finales, tan cercanos que casi noto los nervios burbujeando en mis entrañas. Nada me entretiene, incluso el sonido de las series o de los tiktoks que deberían evadirme me pone nerviosa.

Estoy exhausta, pero tampoco logro dormir. Las horas se extienden frente a mí como un gusano pálido que no deja de crecer. Es como si esperase a que algo pasara o a que algo terminara, pero nada cambia.

La pantalla del móvil se ilumina sobre la almohada.

Videollamada entrante: r.pl__

Sostengo el móvil en la mano, mirando el nombre y la foto de perfil.

Quiero aceptar la llamada y hablar con él, pero tengo miedo de no saber qué decir y de que la conversación se vuelva incómoda. Me asusta que hable del beso y me asusta que *no* mencione el beso, temo que me vea como estoy ahora, con el pijama viejo y el maquillaje emborronado, y que no le guste.

La pantalla se vuelve negra.

r.pl__
Espero que hayas tenido un buen día :)

No sé qué contestar. Odio estar obligada a vivir en mi mente.

17

Gris/gris/gris

En la siguiente comida, todos aguardamos a Brais con aire de expectación. Ro comenta que no es posible que le hayan permitido cambiar el menú. Helena le apuesta veinte euros a que se las ha ingeniado para conseguirlo. Ro responde que no debería apostar con una menor de edad. Helena replica que dice eso porque sabe que tiene razón

Las bandejas llegan y ahí está, no cabe duda: una bolsa de papel de panadería en el lugar que debería ocupar la barra de siempre en su envoltorio de plástico.

Ana María la abre despacio, sostiene el bollo trenzado en la palma de la mano, como si quisiese pesarlo. Brais debe de leerle el pensamiento, porque tamborilea con los dedos sobre la mesa y dice:

—Pesa lo mismo que el de los demás, que a nadie se le ocurra protestar.

No se queda a mirar cómo Ana María come.

Ella ataca el pan con cuidado, separando primero la corteza brillante y crujiente. Toma una miga entre el índice y el pulgar, la observa y se la mete en la boca. Mastica despacio. Cierra los ojos.

—Está bueno.

Continúa con una lentitud excesiva, miga a miga y pedacito a pedacito. Al estudiar su rostro, no me da la impresión de que intente ingeniárselas para aparentar que come más cantidad. Está estirando el momento al máximo para que este alimento concreto no se termine jamás.

Tarda veinte minutos. Cuando ya no queda nada del panecillo, le da igual que se le haya enfriado la comida o que solo falten quince minutos para terminar. Observa con detenimiento el espacio —ahora vacío— en la bandeja, casi como si pusiera en orden los pensamientos.

Permanece en silencio, pero los demás no tardan en llamar a Brais. Quieren saber si mantendrá su promesa, y parece que será así, pues abre el bloc de notas y se saca el rotulador del bolsillo.

Ro quiere pan de masa madre, y Helena pan gallego. Marina se decanta por el de molde, que parece una respuesta cómoda y fácil, pues no hay que buscar mucho para encontrar las calorías de cada marca. Al llegar mi turno, me quedo en blanco.

Podría tomar la misma decisión que Marina, pero al pensarlo, algo frío y espinoso me baja por la espalda. Incluso si las calorías no contaran, si un hada madrina me tocase con la varita y ya nada me importase, no sé qué pan me gusta. He olvidado qué sabores echo de menos o qué decisión habría tomado la Zoe de antes.

Ro chasca la lengua.

—Venga, que no es el número de la lotería.

Brais la ignora.

—Tómate el tiempo necesario. Siempre y cuando no me pidas pan integral, claro. Ya sabes que no es posible.

De pequeña, mis meriendas eran de bollitos de leche con jamón york. Los desayunos de los domingos, *baguette* tostada con aceite y tomate. Cuando papá hacía maratón de pelis de miedo, usaba pan de *pretzel* para sus perritos calientes vegetarianos. Y en las cenas de Navidad siempre picoteábamos regañás y aceitunas mientras esperábamos a que se sirviesen todos los platos.

¿Cómo era capaz?, ¿cómo podía no atribuirle un significado más profundo?

—Pan de centeno —digo al fin, y soy la primera sorprendida con la respuesta—. Cuando volvieron a poner *Titanic* en el cine, mi madre me llevó, y antes paramos en un bar diminuto que no había cambiado el menú desde los años ochenta. Pedí un sándwich de pan de centeno.

—¿Y qué más? —me pregunta Marina, en voz baja.

—¿Qué?

—¿Que qué más llevaba, aparte del pan?

—Ternera. Pepinillos…

Ro me interrumpe:

—¿De los normales o de esos ondulados, como los del McDonald's?

Hurgo en los recuerdos para encontrar la respuesta.

—Normales. Y mostaza…

—¿Queso? —pregunta Helena.

—No, soy intolerante a la lactosa. También llevaba chucrut.

Ro arruga la nariz. Me señala con el tenedor al decir:

—Olvídalo, acabas de arruinarlo.

Ana María es de otra opinión:

—Oh, cállate, tiene una pinta cojonuda. ¿Cómo se llama el bar?

Me encojo de hombros.

—No me acuerdo. Sabe Dios si sigue ahí. Han pasado unos cinco años.

—¿El mejor bocata que he probado yo? —Chasca los dedos—. El de tortilla con mojo del Jilguero Dorado.

Sonrío.

—¿Estás de coña? Este finde un amigo también me los recomendó.

—Son... —Dirige la mirada al techo—. Son como si un coro celestial cantase en tu boca. Tienes que probarlos. Te llevaré un día.

—Sí, suena bien.

Hablamos como si todo fuese posible. Como si fuéramos a quedar un domingo, el día que somos libres, solo para charlar y catar los famosos bocadillos de tortilla del Jilguero Dorado. Solo un grupo de amigos, jugando al futbolín, pidiendo extra de mojo y disfrutando sin pensar en nada más.

Quizá esa parte sería factible. Quizá nos obligaría a creer que todos los días pueden transcurrir así, que la vida no tiene por qué ser tan difícil. Pero a la mañana siguiente amaneceríamos con el vientre hinchado, porque nuestro estómago y nuestros intestinos se han olvidado de cómo funcionan los estómagos y los intestinos humanos, y nos odiaríamos tanto que querríamos vaciarnos por completo.

Le mando un privado a Rubén en cuanto me acomodo en mi mesa habitual del Ice Café. Ignoro el hecho de que no he respondido a su último mensaje, ni a su llamada, y no hago mención alguna al beso, por si él no ha pensado en ello tanto como yo.

zzzzoe___

una amiga también me ha recomendado hoy
esos bocadillos tan fabulosos de los que me hablaste
el sábado. los de tortilla con mojo

r.pl__

Ah, sí, mi gran amor y mi razón de ser

r.pl__

Naturalmente, ahora _tienes_ que presentarme
a esa amiga

zzzzzoe___

se lo comentaré

r.pl__

O... puedes venirte el finde, los pruebas y le dices que ella
(y yo) tiene (tenemos) un gusto exquisito para los bocatas
y que Karlos Arguiñano y Alberto Chicote deberían
postrarse ante ella (y ante mí) para alabar su (nuestro)
criterio culinario

zzzzoe___

me estás poniendo el bocadillo tan por las nubes
que no sé si llegará a la altura de las expectativas...

r.pl__

Es un riesgo que estoy dispuesto a correr :)

zzzzoe___

¿vienes después? estoy probando el pediasure de fresa,
y creo que tengo que compartir opiniones contigo

Su respuesta es visual: la foto de la montaña de apuntes que ha esparcido sobre la mesa.

r.pl__

Por desgracia, tengo cita con un puñado de reyes
babilonios :(

zzzzoe___

mejor un rey babilonio que un pediasure de fresa

r.pl__

Meh. Quizá

La cena me cuesta. Siento que estoy en un submarino y que el contacto con el mundo exterior empieza a interrumpirse.

Julia dijo que no podía recuperarme si antes no me daba permiso.

Quiero/no quiero.

Casi podría coger una margarita, deshojarla y dejar que la suerte decidiese mi futuro.

Quiero recuperarme/no quiero recuperarme.

Quiero una vida/quiero que el espacio vacío en mi estómago esté cada vez más vacío.

Quiero que mis padres y Emi dejen de sufrir por mí/quiero ser tan etérea que ya nadie pueda percibirme cuando paso por su lado.

Quiero formar parte del mundo/no quiero volver a sentir las cosas tan intensamente, como si todo cuanto me rodeara estuviese en alta definición.

Corro en círculos en torno a las mismas ideas de siempre. Si se me enciende la bombilla e intento recuperarme, no importa, a los dos minutos ya habré encontrado otra excusa a la que aferrarme para seguir aquí, más estatua de hielo que chica de carne y hueso. Nada de lo que digo tiene el menor sentido para nadie, y por una vez me incluyo en ese grupo.

—¿Quién te recomendó el sitio de los bocatas? —me

pregunta Ro, cortando su albóndiga por la mitad con el tenedor—. ¿El tío de la pista de hielo?

Me llevo un poco de puré de patatas a la boca. Noto los grumos de margarina en la garganta y me causan arcadas, pero Brais me está mirando, de modo que me ayudo de un sorbo de agua para tragar.

—Sí.

—¿Es tu novio? —susurra Marina.

Me recuerda a las chicas que se sentaban en las gradas del campo de fútbol cuando iba a la ESO. Las que se trenzaban el pelo y cotilleaban sobre quién le molaba a quién, quién se había liado con quién, y en qué fiestas de qué pueblo podrían... En esos grupos, de los que Noa y Alicia acabaron formando parte, es donde me sentía menos chica que nunca. Como si estuviese mutando en una sirena, en un reptil o en algo no humano por completo. No entendía qué tenían de fascinante los chicos de nuestra clase o por qué iba yo a colaborar voluntariamente en la humillación pública que suponía admitir que me gustaba alguien.

Aparto la salsa de las albóndigas con el filo del tenedor, desafiando todo riesgo.

—No.

Ro enarca una ceja. Está más interesada en mí que en la cena que tiene sobre la bandeja.

—¿Pero os habéis besado?

Aparto la mirada. ¿A santo de qué nos ponen albóndigas con puré de patatas? Solo nos faltan los arándanos rojos para transportarnos mentalmente a la cafetería de IKEA.

—Bueno, sí.

Se ríe.

—Muy dulce. Como tú. Eres como Barbie, o como la amiga morena de Barbie. ¿Cómo se llama…?

—Teresa.

—¿Ves? Incluso te sabes los nombres de las Barbies.

—¿Qué pasa? ¿Tú no jugabas con muñecas? No me digas que eras como ese niño psicópata de *Toy Story.*

—¿Sid? Quizá. Pero me *encantaba* Barbie. —Me señala con el tenedor, del que gotea la salsa oscura de la carne—. Así es como descubrí que soy lesbiana.

Marina pone los ojos en blanco.

—Si ahora se te ocurre decir que yo me parezco a Christie, te juro que te tiro el bollo de pan a la cara, y me da igual que Julia lo vea.

Ro la ignora.

—¿Tu chico del hockey se parece a Ken?

—¿Qué? ¡No!

Parpadea, casi perpleja ante mi negativa.

—¿No se parece a Ryan Gosling?, ¿ni siquiera un poquito?

Resoplo. El puré de patatas es tan dulzón y espeso que parece expandirse dentro de mí.

—Ryan Gosling tiene como… la edad de mi padre. Dios.

—¿Y qué? También tuvo dieciocho una vez, ¿sabes? Creo que cuando salió en esa serie de miedo de los años noventa… *Pesadillas* o algo así. — Y se vuelve hacia Marcelo antes de que pueda replicar—. Tú no te pareces a Ken. Tienes un rollito demasiado guay.

Marcelo emite un ruido seco por la nariz. Mueve la cabeza de lado a lado y, cuando Julia no está pendiente, le hace un corte de mangas a Ro.

A Marina y a mí nos entra la risa tonta.

—Sí, está claro que eres la persona más guay de esta mesa, Marcelo —le aseguro.

El plato con sus tres albóndigas permanece frente a mí, tan imposible de afrontar como hace dos minutos.

18

Luz naranja

El 8 de diciembre es el cumpleaños de papá —que *no* se parece a Ken, a no ser que fabriquen un Ken menos surfero californiano y más quinqui reformado español—, así que me paso la noche preparando dónuts de calabaza, porque para él un mundo perfecto sería un mundo suspendido en un otoño perpetuo. Probablemente, una docena de dónuts que no me atreveré a probar no sea el regalo de cumpleaños más emocionante, pero estoy demasiado cansada como para pensar en ello. Además, a mí me gustan los sabores otoñales tanto como a él. Solo con tener las manos húmedas de la masa, solo con permanecer en pie entre los olores de la cocina ya me basta.

Acabo de cenar en el hospital, pero tengo *tanta* hambre. Como un animal salvaje al que han despertado de golpe de un largo letargo. Podría hundir la cara en el cuenco de la masa y comérmela toda, sin preocuparme de si me sentaría mal. Me podría vaciar el botecito de azúcar con vainilla en la lengua y seguiría sin estar satisfecha. Tengo que hacer acopio de toda mi fuerza de voluntad para no mojar el dedo en la compota de manzana y llevármelo a la boca.

«No puedo comer más».

«La cena del hospital fue más que suficiente; excesiva, de hecho».

«Si me meto algo más en el cuerpo, el estómago se me dilatará para siempre».

~~A lo mejor eso es lo que necesitas. A lo mejor solo tienes que descongelarte un poco.~~

Para acallar el runrún incesante de mi mente, abro el bote de canela y huelo el contenido dulce. Cuando oigo una voz conocida desde el umbral de la puerta, creo que el hambre y el deseo me están haciendo delirar.

—Mi madre me ha dicho que os traiga esto.

Y la voz de papá:

—Eh, guau, muchas gracias. ¿Cómo estás? Hace un par de días que no te veo en la pista de hielo.

—Ya, he empezado a estudiar para los finales. Y no me encontraba muy fino.

—Ah, seguro que todo va bien. Gracias por el detalle, ¿eh? ¿Por qué no pasas?

La casa de papá no es muy grande, de modo que solo me da tiempo a deshacerme el moño despeinado. Cuando Rubén entra en la cocina, con una caja de Pediasure sabor galleta en las manos, intento que parezca que el rubor de las mejillas se debe al calor del horno. Me avergüenzo de los pantalones de pijama de franela, que son de cuando iba a sexto de primaria y me quedan un poco cortos, así que se alcanzan a ver unos centímetros de pierna sin depilar. Me avergüenzo de la cara enrojecida, casi en carne viva, tras haberme exfoliado la piel hasta hacerme daño. Me avergüenzo de la sudadera viejísima que le robé a papá, y me avergüenzo de las zapatillas de Hello Kitty, que, para más inri, están manchadas de masa de dónut.

No parece que Rubén se fije en nada de todo esto. O, si lo hace, es demasiado educado como para mencionar algo al respecto.

—¿Qué tal? —me saluda.

Sonrío. Es una sonrisa nerviosa, débil, como en las obras de teatro del colegio, cuando se me olvidaba mi frase.

—Hola. Eh... Gracias por los Pediasure.

Rubén se los entrega a papá, que los guarda en la alacena junto al resto de sus compañeros.

—No hay que darlas. Teníamos una caja entera, y caducan dentro de un montón.

Cuando termina, papá nos deja solos sin entretenerse en inventar una excusa. A Rubén le entra la risa tonta, que intenta disimular al señalar el caos sobre la encimera y preguntar:

—¿Qué estás preparando?

—Dónuts de calabaza.

Da un par de pasos para acercarse más y mirar.

—No jodas. Guau —coge el bote de sirope—. ¿*Pumpkin spice*? ¿Dónde lo has conseguido?

—Amenacé a una barista del Starbucks a punta de pistola hasta que me dio todo lo que tenía.

Rubén asiente.

—Un acto de violencia que no condenaré.

—Lo compré en internet.

—No tienes que fingir. No soy el tipo de tío que traicionaría a una criminal apasionada por los Pumpkin Spice Lattes. —Se muerde el labio inferior—. ¿Quieres que te ayude?

—¿Se te da bien la repostería?

Suena más agresivo y desafiante de lo que pretendía. Apenas llevamos un par de minutos de conversación y ya me da la impresión de que estoy suspendiendo esta interacción social.

Rubén se ríe.

—No, pero aprendo rápido. —Se acerca a la encimera—. Y no soy una especie de acosador ni nada por el estilo. He venido muchas veces a ayudar a tu padre con las cosas de hockey.

—Eso es exactamente lo que diría un acosador.

—No sé, no conozco a ninguno. Tú, en cambio, pareces saber un montón sobre acosadores… —Se interrumpe a sí mismo con una carcajada—. Lo siento, creo que tanto estudiar me ha freído el cerebro. Un par de temas más y habría salido de la habitación hablando en arameo. —Señala el ejemplar de *Guerra y paz* con un ademán de cabeza—. Guau.

—No es para tanto. A la gente le da miedo porque es largo, no porque sea complicado.

Rubén pone los ojos en blanco.

—Repito: guau.

Empiezo a batir el huevo vegano y permito que el ruido lo inunde todo. No me puedo creer que Rubén esté en *mi* cocina, tan cerca que siento físicamente el calorcito tan agradable que desprende su cuerpo. Una parte de mí disfruta de la conversación mientras que la otra continúa contando las calorías para discernir lo malo que ha sido el día, cuánto tendré que trabajar para que los excesos no aparezcan en la báscula y por qué me continúa importando. Estoy tan cansada que podría tirarme sobre la silla y quedarme dormida.

—Tolstoi es fácil —insisto—. Dostoievski es el que, de tan denso, debes bucear entre las páginas para entenderlo.

Rubén pronuncia el tercer «guau» de la noche; este, susurrado, casi oculto entre los ruidos del batir de los huevos veganos y del golpeteo de los platos contra la encimera.

—No sabría decirte, la verdad —prosigue—. Por desgracia, ambos siguen en mi lista de pendientes. Yo soy más de Kafka.

—Me gustó *La metamorfosis*. Y *Un artista del hambre.*

Fue una lectura reciente. Al terminarla y convertirme en testigo de cuánto me había identificado con el protagonista, me invadió un sentimiento lacerante de culpa, como si Franz Kafka tuviese derecho a ese dolor concreto, a la amistad estrecha con el hambre, pero yo no.

—Ambos son magníficos —accede Rubén—. Una pena que no puedas utilizarlos también como arma arrojadiza.

Y toma el ejemplar de *Guerra y paz* entre las manos, como si quisiera comprobar su peso al tacto.

—Kafka es más de daño psicológico —digo, y a Rubén le entra de nuevo la risa tonta.

Ninguno de los dos pronuncia palabra durante un par de minutos. Cocinamos en silencio, pasándonos los ingredientes y vertiendo la masa beige oscuro, espolvoreada de canela y nuez moscada, en los moldes de silicona en forma de calabaza. Cuando abro el horno para introducirlos, Rubén arruga la nariz.

—Siempre pensé que los dónuts se freían. Ya sabes, como las rosquillas.

De pequeña, la abuela siempre preparaba rosquillas en Carnaval y en Semana Santa. Nada me gustaba más que lamerme el azúcar glasé, que todavía olía a anís, de entre los dedos.

—No sé, encontré la receta en internet.

Para ser más específicos, en el blog de una señora americana con pinta de estar a dieta desde 2011. Aunque los dónuts son para papá, sé que todos querrán que coma al menos uno, así que he intentado reducir el daño al máximo.

«Dios, estoy hundida hasta el fondo».

Mientras esperamos a que los dónuts se horneen, Rubén me recuerda que la invitación al Jilguero Dorado iba en serio. Le digo que solo puedo los domingos, y salta la parte de mí que está aquí hablando con él, pues es un buen plan y lleva soñando con la tortilla con mojo desde el fin de semana; la otra parte, la fría y afilada, susurra que soy *estúpidaestúpidaestúpida*, porque *no podré* comerme todo eso porque *no me merezco* comerme todo eso.

Le hablo de Ana María y de los demás, aunque no menciono dónde los he conocido, y Rubén, sentado frente a mí, me mira como si estuviese interesado de verdad en todo lo que le cuento. Puesto que mi vida está bastante vacía de anécdotas ahora mismo, cuando termino le hablo de Canadá, del centro comercial subterráneo Dundas y de la mejor comida que he probado en la vida: el salmón glaseado con sirope de arce que me preparó mi familia de acogida.

Mientras lo digo, recuerdo que el salmón es una de las tres comidas que pedí a Brais que evitasen en mi menú. Ya no me acuerdo del motivo.

—Me estás dando un montón de ideas —dice Rubén—. No soy buen repostero, pero me gusta cocinar. Y me encanta el salmón a la plancha. Dios, Canadá tiene que ser una pasada. Solo he estado en Portugal, en un parque de atracciones que se llama (no te rías) Bragalandia. Los chicos y yo pensábamos en ir a Suecia este verano, porque el tío de Gorka emigró hace unos años y nos acoge a cambio de que lo ayudemos en casa.

—¿Has visto la peli *Midsommar*?

Rubén me da un golpecito en la rodilla.

—Ah, cállate.

Intento salvarlo diciendo que, antes de la beca de Toronto, solo había ido de intercambio a Francia.

—Es verdad que los franceses no se lavan.

—No te creo.

—Bueno, no estabas ahí para olerlos.

—¿También te contrataron como mano de obra esclava para una fábrica de vinos?

—No, pero mi habitación era un saco de dormir en el pasillo.

Y Rubén asiente tres veces, como si acabase de descifrar un enigma que le quitaba el sueño desde hacía tiempo.

—Eso explica tu afinidad por los autores rusos deprimentes. El trauma infantil.

Ahora soy yo quien le da un golpecito en la rodilla a él, y antes de que podamos añadir nada, suena la alarma del móvil.

Me agacho para coger la bandeja, el vapor dulce —huele a otoño, no, a infancia, no, a maratones de pelis de miedo, no, a las fiestas de Halloween en colegio, no…— me abrasa la piel. Al colocarla sobre un paño en la encimera, Rubén se inclina ante mi hombro y comprueba el resultado final de nuestro trabajo.

—Dios, somos unos genios.

Saca el móvil para tomar una foto de los dónuts e instintivamente me separo para evitar que aparezca mi cara en la imagen. No comenta nada al respecto. Quiero desviar la atención, que piense en otra cosa, y señalo el único dónut que se ha chafado, aquel cuyo recipiente llenamos con los restos de masa del cuenco.

—Hay uno feo.

Rubén contrae el gesto, como si acabase de romper su posesión más preciada.

—No seas cruel. Es el bebé de los dónuts. El que se comería mi madre como «premio a la cocinera».

—¿Lo quieres? —le pregunto, por si me lo iba a proponer él.

«Estoy hundida hastaelcuellohastaelcuellohastaelcuellohastaelcuello».

~~*Quiero ser normal.*~~

~~*Quiero que todo me resbale.*~~

~~*Quiero descansar.*~~

Rubén se encoge de hombros.

—Antes de que sigas atacándolo psicológicamente... Además, mi mamá me enseñó que tirar la comida es un pecado.

—Siempre odié esa frase —digo, colocando el «dónut bebé» en un plato limpio—. Si te paras a pensarlo, resulta un poco retorcida.

—Pues espera a saber lo que se supone que es la hostia de misa.

Cuando volví de Canadá me apunté a catequesis, solo porque quería hacer la confirmación con Noa y Alicia. Noa insistía en que fuéramos a la misa universitaria de los martes porque le gustaba un chico que tocaba la guitarra y que «No es como si fuese del Opus ni nada». Calculé las calorías que tenía la hostia de misa y, como no me fiaba, decidí saltarme las cenas de los martes para justificar semejante exceso. Después de que el chico de la guitarra se liase con la prima de Noa a sus espaldas, la misa universitaria se acabó y decidí que el catolicismo creaba más problemas de los que resolvía. No tenía energías para creer en Dios, de todos modos.

Rubén parte el dónut en dos mitades exactamente iguales —algo aprendido de tener tantos hermanos, estoy segura— y me entrega una antes de que pueda negarme.

—Ya he cenado.

—Y yo. Es el postre.

Los músculos se me tensan. La voz, cuando se alza para seguir protestando, es temblorosa.

«¿Cómo voy a salir de este laberinto?».

~~¿Por qué no puedes comportarte aunque sea Una Sola Vez?~~

—No tengo mucha hambre, de verdad.

No insiste. ¿Lee el miedo en mi expresión, o repara en la tensión de mi espalda, en el modo de apartarme de él? ¿Está recordando lo que me dijo Emi en el concierto o pensando en la alacena llena de Pediasure? Tiene suficientes pistas como para hacer los cálculos adecuados y dar con la verdad.

~~Me odio.~~

~~Odio no poder ser funcional.~~

«Para llevar una vida normal hay que hacer las cosas normales».

Esa frase se me atraganta. ¿Qué es normal? ¿Hay alguien que sea normal con la comida?

Antes de poder repasar todas las razones por las cuales no debería comer, parto mi mitad en dos y me llevo el trozo de dónut, del tamaño de una castaña, a la boca. Todavía está templado. A pesar de venir de un blog de recetas bajas en calorías, la combinación de la canela, la nuez moscada y el sirope de calabaza me explota en la lengua. Es una de las cosas más ricas que he probado en mucho tiempo.

Rubén traga.

—Está tremendo, ¿eh? Tendrás que darme la receta.

—Claro.

La traduciré y se la mandaré por privado, no pienso cavar aún más mi tumba enviándole el enlace a un blog con la palabra *skinny* en el título.

Le ofrezco que se lleve algunos dónuts con él, pero considera que no hay suficientes y que, además, así tenemos la excusa para probar otra receta juntos.

Al despedirse, me da un beso en la mejilla. En el centro, ni siquiera cerca de la comisura.

En cuanto se marcha, abandono la cocina enseguida y voy a lavarme los dientes para eliminar todo rastro de comida en la boca.

«Tengo tanta hambre».

«Me gustaría probar otro dónut, uno perfecto y gordito».

«Debería coger uno para el desayuno de mañana».

«Debería guardarme uno para el aperitivo del recreo».

«Debería…».

19

Acción/reacción

Al día siguiente, Ana María no viene al hospital a comer. Helena y Ro me explican que lo hace a menudo. En cuanto da un paso lo bastante grande y ya nota la recuperación en la punta de la lengua, se echa atrás y vuelve a casa. Es libre de hacerlo, por supuesto. Es adulta y no supone «un peligro para sí misma o para los demás», aunque sabe Dios lo que significa eso realmente. Además, se paga la terapia del propio bolsillo; puede decir «basta» en cuanto quiera.

—Volverá pronto —me asegura Helena.

Según predicen, se asustará al descubrir que es incapaz de salir sola del hoyo. Tras tantos años conviviendo con el trastorno, es en el hospital, y no fuera, donde encuentra al tipo de personas con quienes hay una comprensión mutua.

Ro arquea una ceja.

—¿Es como verte en un espejo que solo enseña el futuro? —me pregunta, muy bajito.

¿Lo es? Ana María enfermó más o menos a la edad en la que lo hice yo. El diagnóstico es el mismo. A ambas nos interesa la moda, y el periodismo. Podríamos marcar todas las casillas de los tipos de personalidad en riesgo de desarrollar un trastorno de la conducta alimentaria: ambiciosas, introvertidas, intransigentes, rígidas, siempre deseando agradar a los demás…

—Cierra el pico de una vez —le pide Marina.

Pensar en el futuro resulta difícil. Diez años —una década entera— parece un periodo imposiblemente largo de tiempo. Las modas cambian en diez años. Diez años pueden marcar el fin de una generación y el comienzo de otra. La economía, la política internacional, el clima… Todo puede variar mucho de una década a la siguiente, sin olvidar las etapas vitales que encapsulan esos años. Si siguiese los planes al pie de la letra, en diez años ya habría acabado la carrera y el máster; podría hacer un doctorado, como Helena, o desempeñar mi primer trabajo, como Ana María.

¿Voy a seguir aquí? Nuestras cárceles son mentales, y Julia tiene razón: nadie va a salvarnos. La otra opción, aquella con la que todos intentan asustarnos, tampoco es amable.

Brais no menciona nada sobre el asiento vacío en la mesa. Debe de saberlo de antemano, claro, pues se encarga de traernos la comida, de vigilarnos y de todo lo que ocurre entre ambas acciones. Al verlo con su disposición alegre de siempre, supongo que Ro y Helena llevan razón y esto ocurre a menudo.

—Aquí viene el maestro panadero del reino —ríe Brais.

Y es verdad.

En cada una de las bandejas hay una bolsita de papel cartón de panadería, y a los bollos envueltos en plástico de siempre no se les ve el pelo.

—Este es de la panadería de mi barrio —le dice a Marina al colocarle la rebanada gruesa de pan de molde—. Me pasé toda la primaria tomando sándwiches de chorizo de Pamplona en el recreo.

—¿Y tenías muchos amigos en primaria? —le dice Ro, gesticulando como si oliera algo nauseabundo.

Brais se limita a depositar la bandeja en la mesa, frente a ella.

—*Bon appétit*, Rocío. Sé que de esta manera retorcida me agradeces el esfuerzo.

Cuando me entrega mi bandeja, no lo dejo marchar. El pan de centeno es más grande de lo esperado, me pesa más en la palma de la mano. Aunque es más saludable y nutritivo que el pan blanco, también tiene más calorías. ¿Por qué se me ocurrió pedirle algo así?

—¿De dónde es el pan?

Brais continúa sonriente.

—También de la panadería de mi barrio.

—Bueno, pero ¿cómo se llama?

Ro pone los ojos en blanco.

—Es una panadería de barrio, idiota. ¿Crees que tiene un PDF con la información nutricional en algún rincón de internet?

Brais finge que no ha oído nada, que habla conmigo y solo conmigo.

—El Horno de San Juan. Deberías acercarte, si quieres. Las caracolas de pasas son mis favoritas.

Ya se da la vuelta de nuevo, quizá evalúa el riesgo de lo que acaba de hacer, pero no puedo no decir nada. La miga es demasiado gruesa, demasiado compacta, y encima hoy hay filetes empanados y patatas fritas para comer. Y natillas de postre, la galleta María flotando y espolvoreada de canela sobre la crema.

«Es demasiado».

~~Es normal.~~

«Es demasiado».

~~Deja de abrir tus heridas solo para echarles sal encima.~~

—Es más grande que el pan de siempre.

Brais se me acerca.

—Pesa lo mismo —me asegura, la voz tan pausada y suave como cuando intentó consolar a Ana María—. Lo he pesado yo mismo, te lo prometo. No consigo nada engañándote.

Niego con la cabeza. Me rasco el cuello, ahí donde el collar que me regaló la abuela roza con la clavícula. Noto que Julia —también los demás— me está mirando. Sé que estoy perdiendo los pocos privilegios que tengo, que voy coleccionando papeletas para que me apunten al turno de la mañana, con Marcelo, Marina y todos los pacientes que bailan en el filo de la navaja entre el hospital de día y el ingreso.

«No estoy lo bastante delgada para un ingreso».

~~¿No te das cuenta de todos los problemas que estás causando?~~

«Apenas estoy lo bastante delgada como para un diagnóstico».

~~Si no quieres seguir aquí en diez años, tienes que empezar a dar pasos tú sola.~~

«Si estuviese mal de verdad me habrían puesto en los primeros puestos de la lista de espera y ya recibiría tratamiento en la Seguridad Social, en vez de derrochar así el dinero de mis padres».

~~Cuando les pediste ayuda, ¿querías recibirla o solo que te cuidasen?~~

Brais se humedece los labios.

—Zoe, pesa lo mismo, de verdad.

Al reparar él también en Julia y en su expresión, añade:

—¿Por qué no te traigo el pan de siempre y lo intentamos más tarde? No pasa nada porque no estés preparada aún. Podemos probarlo de nuevo en un par de días, por ejemplo.

Vuelvo a negar con la cabeza. Tengo que parar. *Quiero* parar, pero no lo consigo. Sé que no me hago ningún favor y que esto no es nada comparado con lo mal que hago sentir a mis compañeros de mesa, con los problemas que puedo causar a Brais. *Pero no puedo parar.*

Me odio. Me odio profundamente.

—El pan de centeno tiene más calorías que el normal —señalo, desesperada, pronunciando la palabra más prohibida entre estas cuatro paredes—. No es justo que tenga que tomar más. ¿Puedo tomar una rebanada más pequeña?

—Zoe, no importa —insiste Brais, y casi leo la súplica en sus ojos—. Te traigo el pan de siempre y nos olvidamos, ¿vale?

Helena, a mi lado, chasca la lengua.

—Por los clavos de Cristo, Zoe, escoge un puto pan y déjalo ya, ¿quieres?

La situación se vuelve tan tensa que a Ro ni siquiera le apetece soltar algún comentario sobre la expresión «Por los clavos de Cristo».

Brais se inclina para retirarme el pan. Como soy la peor persona del mundo, incapaz de encontrar un botón de reseteo para mi cerebro, hago exactamente lo que menos nos ayudará a todos: negociar.

Le pido que me deje tomar solo tres cuartos del bistec o solo tres cuartos de las patatas. Le pido que me deje quitar la galleta a las natillas, y le hago un sinfín de preguntas: si realmente son sin lactosa, qué clase de leche han utilizado y de qué marca, y si es la misma marca que la de las natillas de los demás.

Ro me da una patada por debajo de la mesa, pero no puedo parar. Estoy temblando, la piel del cuello ya me escuece, me arde contra las costuras del jersey.

Entiendo muy bien a Ana María y su ataque de llanto en la mesa. Tengo *tantas ganas* de comerme el pan de centeno. Y ayer tenía *tantas ganas* de probar los dónuts, de chocar mi mitad con la de Rubén como si fuesen copas de champán, de masticar y tragar como si no significase nada.

Antes del hospital no me privaba de nada; simplemente reducía las porciones para no tomar más calorías de las permitidas ~~(¿Permitidas por quién?)~~. Ahora, cada miga y cada bocado se convierten en un campo de batalla *y estoy tan, tan cansada.*

Al final, Julia me trae el pan de siempre y me aparta a una mesa con ella. Le pido perdón a Brais un millón de veces, pero él no le da la menor importancia. Me dice que mañana será más llevadero, y retira la bolsita de la panadería como si nunca hubiese existido.

Rompo a llorar ante Julia, sobre el bistec y las patatas. Es una imagen desagradable. Sé que resulto frustrante, egoísta. Que solo traigo problemas, ¿y para qué? Una cosa es sufrir; otra muy distinta, que el sufrimiento se me escape por los poros y contagie a todos los demás. Y sé que nadie elige tener un trastorno, pero ¿de dónde salen todos estos pensamientos, sino de mí? Son mis manos las que me privan de comida, y es mi lengua la que se mueve para cavar la tumba más honda del mundo.

No sé si pienso todo esto o si también lo digo en voz alta, ante ella. Sus palabras de ánimo suenan a rutina. Tengo que ir poco a poco, sin engullir, pero sin alargar cada bocado hasta la eternidad. Nada de trozos diminutos. Nada de separar la corteza de pan rallado del pollo. Nada de mover las patatas de un extremo al otro del plato.

Tan solo puedo pensar que debería volver a la misa universitaria, una sola vez. No porque crea en Dios o porque guarde la esperanza de que me salve la religión cuando las personas no pueden. Quizá ayude sentarme en un espacio pequeño y enumerar todos mis crímenes y pecados a una entidad de rostro invisible. Quizá ayude verbalizar todas las faltas, de modo que casi pueda verlas físicamente, gigantescas y monstruosas.

O quizá me hunda aún más.

Quizá, como todo lo demás, me traspase también, incapaz de despertarme.

~~Tengo miedo.~~

A la hora de la cena, es un enfermero moreno y bajito, y no Brais, el que nos sirve las bandejas de la comida. Le pregunto por él mientras un reguero de sudor frío me baja por la espalda, pero no sabe contestarme.

—Lo han cambiado a la sala de diálisis —me explica Marina cuando el enfermero se marcha.

No sé si creerla.

Soy horrible. Soy una persona horrible.

Una cosa es rechazar la ayuda y otra muy distinta es prenderte fuego quemando también a quienes intentan salvarte.

No hay perdón para comportamientos así. Comportamientos así *no merecen* perdón.

—¿Cómo lo sabes? —le pregunto con un hilillo de voz.

—Julia y el nuevo estaban hablándolo cuando llegué. El nuevo y Brais se intercambiaron los turnos, y Julia le explicaba cómo funcionan las cosas aquí.

Siento que me hundo en la silla. El peso combinado de la culpa y la comida, de mis huesos y mi carne es monstruoso. Ignoro cómo lograré levantarme a la hora de volver a casa.

~~¿Por qué siempre lo arruinas todo?~~

~~¿Por qué no puedes comportarte?~~

~~¿Por qué no paras de una vez?~~

—Es mi culpa —musito.

Tiemblo tanto que el tenedor, en mi mano, choca contra el plato y emite un ruido agudo y desagradable. Ni Marina ni Marcelo indican que estén en desacuerdo conmigo. Ro, sin embargo, sacude la cabeza.

—No seas tonta, sabes tan bien como yo que solo era cuestión de tiempo. Es demasiado… suave para este trabajo.

—Era el único simpático —dice Marina, que juguetea con una croqueta antes de partirla por la mitad.

Ro se muestra impaciente con ella.

—Sí, y ahora alegrará el día a personas enfermas de verdad y con problemas chungos de verdad.

Las cejas de Marina tiemblan.

—Esta enfermedad es de verdad. Solo porque… solo porque no puedas verla en un TAC o en una radiografía no significa que no sea de verdad. Y Brais era el único majo.

—Sí, y por eso todos le cogíamos el brazo cuando nos ofrecía la mano. Yo también lo echaré de menos, pero debes admitir que una bruja como Julia nos ayudará más. ¿O crees que Julia se comporta en su casa como en el hospital? Tiene que ser dura con nosotros porque es lo que nos ayuda. Brais es un gran tipo y en diálisis lo van a adorar, así que podemos terminar ya la conversación.

Me cuesta respirar. Cada exhalación pesa y brota con un ruidito vibrante, como el de un animal herido. Siento la ropa demasiado cerca de la piel, me gustaría arrancarme todas las costuras, y los vaqueros son demasiado rígidos y me hacen daño.

Marina se muerde el labio inferior.

—¿Quién te crees que eres? —le espeta a Ro—. ¿La experta de los TCA? Tu opinión no importa más que la mía porque lleves más tiempo aquí. Ni siquiera…

Interrumpe la frase. La aniquila antes de que salga y se mete un trozo de croqueta en la boca para ocultar el cadáver. Ro, con una sonrisa gélida y ponzoñosa en la cara, impide que se vaya de rositas.

—Por favor, continúa. ¿Ni siquiera he estado ingresada? Bueno, tu opinión no importa más que la mía porque te hayan puesto una sonda en la nariz.

Marina se sorbe los mocos.

—No hace falta decir que Brais nos hacía mal para que Zoe se sienta mejor. La ha cagado.

Las lágrimas me abrasan las mejillas.

No quiero llorar.

Ro chasca la lengua.

—Sí, la ha cagado, igual que tú cientos de veces. Igual que todos, rica. Igual que Brais, que probablemente guardaba una lista de todos sus errores, porque fuera de aquí serían buenas acciones, pero aquí implican meter la pata hasta el fondo. Lo del pan fue solo la gota que colmó el vaso, y podría haber sido tu culpa también.

—Pero no lo fue.

—Y no nos permitirás que lo olvidemos. —Le tira la servilleta a la cara—. ¿Crees que eres perfecta porque lo hiciste todo como debías? Bajaste demasiado de peso, te ingresaron, te pusieron un tubo en la nariz… Joder, podrían filmar una película sobre ti. La echarían en la sobremesa de Antena 3 y las abuelas empezarían a prestar atención a lo que comen sus nietas.

—Déjame en paz —masculla Marina.

Ro no lo hace. Mete el dedo en la llaga hasta que escuece.

—Incluso aquí eres la paciente perfecta. Lloras y te rebelas porque es lo que se espera de ti, pero *nunca* eres desagradable y *nunca* te enfadas con los demás, porque eso rompería la ilusión. Estás tan jodida como nosotros.

Ahora Marina también llora. Las lágrimas, gordas y redondas, como uvas, le resbalan por los pómulos enrojecidos.

—¡Y tú solo quieres que el resto sigamos enfermos para no quedarte aquí sola! Por lo menos Ana María se va de vez en cuando. Tú, cuando mejoras, te esfuerzas por ponerte peor y evitar que te den el alta, porque sabes que nada te espera ahí fuera.

Ro no le responde. Corta una croqueta por la mitad, y esa mitad, en dos. No continúa. Coge dos pedazos y los traga; cuando los ojos se le humedecen, desconozco si es porque Marina ha dado en el clavo o porque se ha quemado.

«Esto es mi culpa».

«Todo esto es mi culpa».

«Lo he causado yo».

—Lo siento mucho —susurro—. No sé por qué hago las cosas que hago. Lo siento.

Ro resopla.

—Era inevitable. Tarde o temprano iba a pasar.

—Pero es mi culpa. Es mi culpa que hayan sacado a Brais de la planta, y es mi culpa que…

No me deja continuar. Me ha cogido de las muñecas y me mira fijamente. Sus ojos, estrechos, son tan oscuros que puedo verme reflejada en ellos.

—Se acostó con Ana María —dice.

Marcelo tensa la espalda.

—No es cierto.

Su voz suena grave y madura, muy distinta a como me la imaginaba.

Ro ignora la negativa de Marcelo y retoma la explicación:

—Antes de trabajar aquí y antes de que Ana María fuese su paciente. Iban al mismo instituto. Una bomba de relojería, solo era cuestión de tiempo que metiese la pata de verdad. Me cae bien y es un gran tipo, así que me alegro de que esté en una planta en la que surta un efecto positivo y útil, donde no pueda cometer un error que le fastidie la vida del todo. Lo siento si decir eso me convierte en una zorra.

Al llegar a casa, Marina me escribe por Instagram. Me indica que no crea nada de lo que dice Ro, pues miente más que habla. Que todos saben que Brais y Ana María fueron al mismo instituto, sí, pero no a la misma clase, y la única que cree que se han acostado es Ro.

marinacaballero07

siempre piensa lo peor de los demás

marinacaballero07
o sea, es incapaz de suponer que alguien pueda ser buena persona y punto

No sé qué contestarle, de modo que no lo hago. Doy «Me gusta» a las fotos de Noa y Alicia estudiando en el Starbucks —desconocía su plan— y vuelvo a cambiar el diseño del blog porque ya me ha dejado de convencer la foto de mí misma que aparece en la biografía —en la Torre CN, con una visera de los Blue Jays de Toronto oscureciéndome la cara—.

Cuando Emi llega a casa de la biblioteca, finjo que ya estoy dormida, pues dudo que logre hablar sin romper a llorar de nuevo. Y al llegar el domingo, cuando Rubén me pregunta si todavía me apetece ir al Jilguero Dorado, me excuso diciéndole que no me encuentro muy bien y que, además, debería repasar para los finales de la semana que viene.

Lo primero es mentira —el estómago ya se me ha acostumbrado a la comida y a las cantidades del hospital—, pero lo segundo no. Ciertamente, tengo que esforzarme, o fastidiaré una parte más de mi vida.

r.pl__
Ufff, no te envidio un pelo. Segundo de Bac es un dragón

r.pl__
Pero podrás con ello :) ¡Buena suerte!

Sus palabras me hacen sentir peor, desconozco el motivo. No merezco tanta generosidad, tanta amabilidad. Las buenas acciones de los demás, de hecho, son peligrosas en mi presencia. Cuanto mejor se porta la gente conmigo, más los daño yo.

Me siento tan culpable que, cuando mamá entra en mi

habitación con el bizcocho de limón para la merienda, elijo el trozo más grande y dejo para ella el pequeño.

Se sienta en mi cama, aún tienen que vigilarme al comer. Me esfuerzo en hacerlo todo bien. Mastico ni muy rápido ni muy lento, cortando el bizcocho con el tenedor de postre en trozos perfectamente cuadrados, pero no muy pequeños. Le doy las gracias y no protesto porque se quede la media hora de descanso obligatoria. Dejo que me tome la lección, y finjo que su sonrisa de orgullo no me duele, *porque no me siento más cerca de la recuperación.*

Cuando se va a la peluquería, pienso de continuo en los restos de bizcocho que quedan en la cocina y en lo contenta que se puso mamá al verme comer. Si falta otro trozo cuando regrese, pensará que las cosas marchan mejor de lo que van en realidad. ¿No es lo mínimo que puedo hacer? Además, tengo *mucha, mucha hambre.*

Lo como en cuatro porciones exactamente iguales; los dedos, grasientos de la mantequilla.

«Todavía tengo hambre».

«Mi estómago es un negativo absoluto
que solo quiere
que lo colmen».

Como una barrita de cereales y una galleta de avena con pasas, porque necesito fibra. Regalices negros, porque tengo la tensión por los suelos y no podré concentrarme en los apuntes hasta que me espabile. Y chocolate, el de leche con avellanas. Y tres cucharadas grandes de helado de café. Y…

Solo pasan diez minutos. En el hospital habría tardado diez horas en comerme todo eso.

«No se me puede dejar sola».

~~Tenías hambre.~~

«Mi hambre no es de este mundo».

~~Tu hambre es el hambre normal de una persona que lleva meses negándose a comer.~~

«Soy grotesca».

Intento deshacerme de todo en el baño, pero nunca se me ha dado bien vomitar. Ignoro en qué momento he terminado de echarlo todo y cómo conseguir que no se me queden los nudillos en carne viva, cómo lograr que no me lloren los ojos ni se me hinche la cara.

Una parte de mí quiere que mamá llegue porque se le hayan olvidado las llaves o porque se confundió y resulta que hoy no tenía cita en la peluquería. Quiere convertirla en testigo de todo esto y que tome consciencia de la gravedad de la situación, y que papá y ella insistan al doctor Herrera para que me apunten ya al turno de mañana o para que me ingresen; lo que sea, con tal de que alguien me arranque de aquí.

Pero no llega.

Estoy sola, y cansada de disgustarlos tanto a todos, así que limpio el baño hasta que no queda prueba alguna del delito.

Me ducho con agua muy caliente, hasta que la piel se me queda roja y brillante. Mientras me enjabono, un reguero rosa pálido me baja por la entrepierna. Como si mi propio cuerpo me diese la bienvenida. Como si me dijese que esto es lo que sucede cuando comes.

«Eres una chica de verdad, Zoe. Todavía funcionas como deberías».

Me subo a la báscula, aunque el miedo me cosquillee los pies. El número es monstruoso. Intento recordarme que tengo el estómago lleno, que es normal que el peso suba y baje de un día a otro, pero mi propio cuerpo parece decirme otra cosa. Sangro de nuevo. Eso solo puede significar que estoy más fuerte, físicamente, aunque mi mente todavía sea un caos.

20

Navidad

Nochebuena es un desastre. Mamá ha instruido a nuestros familiares en las normas básicas —no indicarme que he bajado o subido, no decir que tengo mal aspecto o que reboso salud, no comentar lo que me pongo en el plato y no forzarme a repetir—, pero los comentarios resultan inevitables, sobre todo para los que viven lejos y hace meses que no me ven.

Nadie lo entiende, no los culpo.

Siguiendo las recomendaciones del doctor Herrera, la abuela ha dispuesto toda la comida en bandejas en el centro de la mesa. Es muy importante para mi recuperación que elija yo la porción y lo que quiero comer. Las Navidades son fechas muy complicadas para los pacientes de TCA, y el paso más seguro hacia la normalidad es que me empiece a sentir cómoda escuchando a mi cuerpo y redescubriendo los aspectos positivos de la comida.

Uno de mis tíos dice, cuando cree que no lo oigo, que el doctor Herrera es un charlatán y que les cobra una cantidad escandalosa de dinero por dejar que me mate de hambre.

—Si está enferma, no se llenará el plato ella sola.

Desconozco el motivo, pero doy más vueltas a ese «si» que al resto.

Para distraerme, veo todas las *stories* subidas a las cuentas que sigo en Instagram. Noa ha ido a patinar con sus primos a la pista temporal que han abierto frente al ayuntamiento. Alicia ha compartido una foto-espejo del traje chaqueta que lleva para la cena, porque las familias se dividen entre las que cenan en pijama y bata —como la mía— y las que se arreglan, aunque no salgan de casa —como la suya—. Ro se ha cortado casi toda la melena para donarla a una asociación que elabora pelucas para la gente con cáncer. Emi, Lisa y papá han ido a tomar chocolate caliente al mercado navideño. Rubén ha subido una selfi con sus hermanos frente al árbol, y él es el único que viste un jersey navideño.

Tomo una foto de la mesa con los aperitivos y escribo «mmm… el mejor día del año 🌲💝🦐».

Mi prima, cinco años mayor que yo y sentada ahora en el sofá justo frente a mí, me responde a la *story* con un privado.

catcatcatcatalinaaaaa
también puedes comer algo, que no está solo de adorno
🙄

Le sonrío.

—Sí, cuando vengan todos.

Pone los ojos en blanco.

—No estás gorda. Lo sabes, ¿no?

Catalina juega al fútbol. Que yo sepa, nunca le ha preocupado la comida, pues la comida, para ella, solo es la energía que necesita para triunfar en su deporte.

—Lo sé.

—Y tampoco lo estarías si subieses una talla. O dos, o tres…

—Ya.

Aún tenemos que poner las servilletas y los cubiertos, de modo que lo utilizo de excusa para evadirme.

Lo intento. De verdad. Me sirvo el segundo trozo más pequeño de merluza. Me entretengo un poco más de la cuenta apartando la piel y las espinas, pero no lo corto en trozos pequeños, tampoco lo mastico hasta sentir que se me pinza la mandíbula.

Todos procuran entretenerse en alguna conversación, pero siempre acaban volcando la mirada en mi plato.

—Échate patatas también —me pide el abuelo.

Mamá le dirige una mirada de reproche desde la otra punta de la mesa.

—¿Qué? Mírala: está seca. Tiene que comer.

—Está comiendo —le dice mi tía, que me coge de la mano—. Y después compartiremos un trozo de tarta, ¿a que sí? Te la he hecho de queso. Tu favorita, ¿no? Sin lactosa, claro.

Asiento, aunque la cabeza se me llena de preguntas que no formulo: qué tipo de queso crema ha echado y cuánta cantidad, si lo ha endulzado con azúcar moreno o blanco y si ha usado los huevos enteros o solo las claras.

Mi tío, el que llamó «charlatán» al doctor Herrera, opina que debería tomar el trozo entero «y dejarme de tantas tonterías».

La abuela lo interrumpe depositando un plato hondo de sopa de fideos junto a mi brazo.

—Vamos a tener la fiesta en paz, ¿de acuerdo? —dice, y suaviza la voz al volverse hacia mí—. Poquito a poco, ¿vale? ¡Y cuidado, que quema!

Ha dejado un platillo de pan frito al lado por si me atrevo a echárselo a la sopa, porque cuando era pequeña y me quedaba a dormir en su casa los fines de semana, siempre le pedía sopa de pollo con pan frito para cenar, y ni todo el pan de la cocina era suficiente para mí. Después nos sentábamos en el sofá a ver sus películas mientras compartíamos un cuenco de cacahuetes salados. Al día siguiente, cuando me mandaba a buscar el pan, siempre me daba dinero de más para que me comprase chucherías con la vuelta.

Ignoro el motivo, pero empiezo a llorar sobre la sopa. No es porque tenga que comer, ni por sus miradas, ni porque a los postres todos querrán que tome al menos un trozo de turrón, o un bombón.

«Me echo de menos».

«Quiero ser una niña otra vez».

La tía, que está sentada a mi lado, me acaricia los brazos.

—Venga, poquito a poco, como dijo la abuela. Empiezas con el pescado, así. Y si tienes que descansar un poquito, no pasa nada. Pero no llores, que te vas a estropear el maquillaje, ¿eh?

Mi otra tía, que ha intentado un sinfín de dietas de revista desde que tengo memoria, chasca la lengua y dice que les estoy amargando las fiestas a todos.

—Eras una niña muy inteligente. ¿Qué te ha pasado?

Mamá le pide que deje el tema. Ella la ignora.

—¿Crees que así estás más guapa?

—No.

—¿Crees que tus abuelos, a su edad, tienen que pasar por estos disgustos porque a ti te ha dado el capricho de no comer?

El abuelo mueve la mano, como pidiéndole que no ponga palabras en su boca o que no lo meta en esa discusión.

—No quiero disgustar a nadie. —Aparto la vista—. Lo estoy intentando. De verdad. Me estoy esforzando.

—Pues no lo parece. Has perdido aún más peso desde que vas al hospital. —Se vuelve hacia mamá—. Nos está engañando como a bobos.

El tío me mira como si fuese un enigma que no es capaz de resolver, o una palabra del crucigrama que se le escapa.

—Anda, mujer, si siempre fuiste de buen comer. ¿Y a que antes gustabas más a los chicos?

Si no implicara meter el dedo en una herida que ya supura, le diría que no. Que ojalá hubiera sido ese el motivo por el cual dejé de comer, porque entonces recuperarme resultaría mucho más sencillo, pero que no, que antes no les gustaba más a los chicos.

Mamá suspira.

—Paco, no creo que Zoe esté enferma por culpa de un chico.

La tía enfadada da un golpe en la mesa.

—¡Sí, encima, defiéndela!

—No la defiendo. Pero creo que es más complicado…

—Lo que yo digo es que a los chicos no les gustan las modelos esqueléticas. Si les das a elegir entre una raspilla de pescado y una chica bien jamona…

La tía abuela, sentada frente a mí, me coge de la mano.

—No les hagas caso. Tú come lo que puedas, y después, nos comemos las tres juntas esa tarta y dejamos que los demás discutan. Pero no puedes adelgazar más, ¿eh? Que no estás delgada-delgada como esas niñas que salen en la tele, pero si bajas más puedes coger una anorexia.

Mamá se frota los ojos.

—No empieces tú también, tía. Dejadla en paz, ¿vale?

La cena continúa en silencio, y cada bocado me resulta más pesado y difícil que el anterior. La abuela intenta iniciar una conversación recordando anécdotas de su juventud, de cuando mamá y los tíos eran pequeños, pero nadie se anima a continuar.

Cuando termino el pescado y la tía me retira el plato, el abuelo dice:

—Nunca debimos dejar que se marchara a Canadá.

Los labios de mamá tiemblan, casi como si ella también intentara contener el llanto.

—¡Es verdad! —prosigue el abuelo—. Estaba muy bien antes de irse, y ya viste cómo volvió. No sé qué le hicieron en ese país...

—Nadie me hizo nada, abuelo.

Me mira. Duda un poco antes de rodearme la muñeca con los dedos, casi como si temiera que el contacto físico me fuese a romper.

—Solo queremos que vuelvas a ser la niña alegre de antes. Y que no te importe lo que digan los demás. Eres buena persona, que es lo más importante de todo, e inteligente, y siempre vas a ser mi niña guapa, ¿eh?

Me pellizca el mentón, como cuando era pequeña. Rompo a llorar de nuevo, quiero explicarles a todos que no se debe a la comida, pero las palabras se me clavan en la garganta y no salen.

21

Intentar/intentar/intentar

Decidimos que será mejor para todos que pase la Nochevieja con papá, ya que su familia es menos numerosa. Emi y Lisa estarán fuera; mi hermana, con su padre, y Lisa, con su hermana y los sobrinos.

Me siento como una herida abierta durante toda la noche. Los abuelos paternos se preguntan si el hecho de que papá ya no tome carne ha influido en la situación. Papá dice que siempre me preparan productos de origen animal cuando estoy en casa, pero detecto la duda en sus ojos; resulta evidente que él se ha preguntado lo mismo en más de una ocasión. Intento comer para que no se sienta aún más culpable. Pienso en pedir un trozo de turrón o una de las *mousses* de limón de la abuela cuando terminemos, pero entre el primer y el segundo plato me mareo y me tumban en el sofá, tapada con la manta gruesa de cuadros. Tiemblo.

Nadie me pide que coma hasta que llega el momento de tomar las uvas.

Los abuelos se van después de las campanadas, tras el brindis. Soy consciente de que ya es tarde para ellos, pero también de que duele tenerme cerca. Cuando me abrazan para despedirse, me pasan los dedos por la espalda, casi contando las vértebras una a una.

Intento ayudar a papá a recoger la mesa, pero me dice que no me preocupe, que ya se encarga él.

—Te he guardado una ración de huevos rellenos, por si la quieres comer mañana.

—Gracias, papá.

No me responde, pero abre la nevera para sacar una botella de bebida de electrolitos. Me sirve un vaso sin molestarse en ocultar que le ha añadido un azucarillo antes de tendérmelo.

—Bébetelo antes de dormir, ¿vale? Te hará sentir mejor.

Y se vuelve enseguida hacia el fregadero, como si lavar los platos fuese ahora mismo lo más urgente, lo más importante.

Permanezco varada en el umbral de la puerta. Mi reflejo en el vaso se ve azul y distorsionado.

—¿Estás enfadado conmigo?

Papá me mira por encima del hombro.

—No, claro que no. Intento recuperarme psicológicamente del especial de José Mota, nada más.

Me tiembla el labio inferior. No logro moverme de esta posición.

—Lo siento.

No especifico a qué me refiero con ello. Son unas disculpas que puedes estirar hasta que lo tapen todo, una tirita que trata de detener una hemorragia incurable.

—Zoe, no tienes que sentir nada porque no eres la culpable, ¿de acuerdo? Solo… solo esfuérzate un poquito más, ¿vale? Por favor.

—Lo siento —repito—. Siento que el abuelo dijese que es culpa tuya que esté mal, porque no es verdad. Siempre has sido genial. Soy yo quien la ha cagado.

Papá traga saliva. Desvía la mirada, la esponja se le escurre entre las manos.

—Ve a descansar —me dice suavemente—. Y tómate los electrolitos. Todavía estás un poco pálida.

Asiento y me seco la cara con el dorso de la mano.

—Sí. Mañana tenemos que madrugar para ir a por el chocolate y los churros, ¿no?

Papá se vuelve de nuevo, advierto una sonrisa cansada en sus labios. Tarda un par de segundos más de lo normal en contestar:

—Sí. Ya sabes que debemos apresurarnos para llegar antes que los borrachos o nos quedaremos sin sitio. —Se vuelve otra vez hacia los platos—. Buenas noches, Zoe.

—Buenas noches, papá.

La cafetería Christiania, frente a la casa de papá, junto a la playa, tiene churros veganos y una lista muy larga de alternativas a la leche de vaca. Vamos temprano, antes de que las hordas de borrachos ocupen las sillas. Es un barrio pequeño y papá una persona muy sociable, de modo que la camarera se queda charlando con nosotros antes de que pidamos. Me pregunta si he salido con los amigos para despedir el año, y cuando le digo que no, ella me confiesa que tampoco le gusta salir en Nochevieja.

—Es una barbaridad lo que te cobran por una entrada.

Papá pide dos chocolates con leche de avena y una docena de churros. Me vuelvo hacia él. Cuando la camarera se va, me dice:

—Come lo que puedas. Lo que sobre nos lo llevamos para Lisa y Emi. O para merendar más tarde los dos, si te apetece.

Asiento. Me invade una sensación extraña, como si un destino aciago me diera caza.

Aunque no he mejorado, papá, igual que ayer, no me insiste para que coma; hace un par de semanas habría resultado impensable.

~~Todos se están rindiendo.~~

~~¿Por qué seguir peleando por alguien que no quiere aceptar la ayuda que se le ofrece?~~

~~Ya han llegado a la última fase: aceptación.~~

~~Estás perdida, perdida, perdida.~~

Le pregunto a papá si podemos pedir permiso al doctor Herrera para que me deje patinar. Estaría bien enseñarle un par de cosas a Emi antes de que desmontaran la pista del ayuntamiento. Papá dice que se lo pensará.

—Las pistas temporales son una birria, de todos modos —opina—. Ahí no hay hielo de verdad, solo plástico. Y nadie afila las cuchillas. Es peligroso.

La conversación muere cuando la camarera deja las dos tazas humeantes frente a nosotros y una bandeja rebosante de churros.

El aceite rezuma, empapando el papel de abajo, casi translúcido. Los granos de azúcar son tan gruesos que podría contarlos a simple vista.

—Está bien —me dice papá en cuanto la camarera se ocupa con el resto de mesas—. Hazlo lo mejor que puedas.

Afirmo con la cabeza y me sirvo un churro. Todavía quema, por lo que lo parto por la mitad y espero mientras me caliento las manos con la taza. Papá no hace ningún comentario al respecto. Parece muy interesado en las noticias en la televisión detrás de mí.

La camarera va de mesa en mesa, haciendo preguntas y entablando conversaciones.

—Alguien ha trasnochado.

—No, ya sabes que soy un buen chico —responde una voz conocida.

Por supuesto. Es un barrio muy pequeño. Todos los que viven cerca deben de estar aquí, puesto que la alternativa es conducir cinco o diez minutos hacia el centro en busca de algo mejor.

Papá despega la mirada de la pantalla.

—Puedes ir a decir «Hola» —me susurra.

Muevo la cabeza.

—No, prefiero quedarme aquí contigo.

Se ríe.

—Oh, sí. A tu edad, a mí también me flipaba pasar tiempo con mi viejo.

—Bueno, quiero mucho al abuelo, pero es un poco aburrido. Tú eres guay.

—Sí, lo heredé de *mi* abuelo. ¿Te he contado que, cuando la dictadura, se dedicaba a entrar libros prohibidos en el país?

He escuchado esa historia muchas veces, pero le pido que me la cuente de nuevo.

Mientras tanto, la camarera le pregunta a Rubén si se ha quedado estudiando hasta tarde. Él le asegura que se ha tomado un día de descanso, porque ¿qué va a cambiar una noche más o una menos de repaso?

—Ay, no me digas que has estado en el hospital.

—Gracias, haces que me dé cuenta de lo interesante que es mi vida. No, solo fui un poco ambicioso con el asado de la cena y mi colon decidió empezar el año del modo más divertido. Estoy bien. Tomaré el chocolate con leche sin lactosa y sin churros, porque no creo que los sólidos sean una buena idea. Les robaré alguno a mis hermanos.

—¿Qué te hace pensar que puedes gorronear? —pregunta una de las gemelas.

Rubén no le responde. Hasta ahora, el árbol de Navidad nos ocultaba a papá y a mí, pero quizá nos hemos movido o hemos hecho ruido, porque Rubén se inclina hacia atrás en la silla y establece contacto visual. Me sonríe, saludándome con la mano. Hago lo mismo.

Cuando la camarera apunta el pedido del resto de su familia, él se levanta y se acerca a nuestra mesa.

—Oye, feliz año.

—Feliz año.

Papá da un sorbo al chocolate antes de preguntar:

—¿Cómo vas, chaval?

—¿Bien? Aunque, a juzgar por las reacciones de los demás, o me parezco a un tuberculoso victoriano o a Eduardo Manostijeras.

Papá se ríe y chasca los dedos. Utiliza el mismo gesto para señalarlo.

—A ese niño paliducho de *Los Simpson*.

—Mi animal espiritual. Gracias.

—Era broma. Lo siento, oí vuestra conversación.

Rubén intercambia una mirada divertida conmigo; las mejillas y las orejas, algo más rojas que antes.

—Ah, ya. Lo siento, en casa hablamos tanto de mierda que se nos olvida que para los demás es, bueno, asqueroso. —Se muerde el labio inferior—. Y perdón por sacar el tema otra vez.

Me río.

Lleva un gorro de lana marrón que le oscurece un poco las ojeras, pero eso es todo. No se parece al niño pálido de *Los Simpson*, tampoco a un tuberculoso victoriano o a Eduardo Manostijeras. Tiene un aspecto increíble, como siempre.

—¿Hay otro tema del que hablar en la mesa?

—Gracias. Es un alivio saber que tengo un alma gemela en el mundo.

Su propio comentario lo hace enrojecer más. Señala la mesa a sus espaldas.

—En fin, me vuelvo antes de quedarme sin churros.

Papá levanta nuestra bandeja, todavía rebosante.

—Por favor. Creo que nosotros también hemos sido un poco ambiciosos.

Rubén sacude la cabeza.

—Gracias, pero si mendigo comida de mesas ajenas, mi madre me devuelve a la perrera. —Alza la mano a modo de saludo—. Nos vemos luego, Zoe.

—Claro. ¡Buena suerte con los churros!

Papá no me obliga a descansar durante media hora después de desayunar —dos churros y casi todo el chocolate—, así que cuando Rubén pasa por nuestro lado le pregunto si tiene ganas de pasear por la playa. En primer lugar, porque me apetece muchísimo, claro, pero también porque así papá se sentirá mejor. Quizá. Podría ser un paso. Desayunar chocolate con churros el día de Año Nuevo e ir a dar una vuelta con un amigo.

~~¿Crees que eso va a borrar el hecho de que ayer casi te desmayas en la cena?~~

~~¿O que va a olvidarse de que claramente estabas contando las calorías del desayuno?~~

~~Cada vez que das un paso adelante luego retrocedes tres más, y él ya se ha dado cuenta.~~

—Volveremos a tiempo para la comida —le dice Rubén a papá.

Y sospecho que quizá sepa algo, pero no estoy segura.

Todavía es temprano, el cielo se refleja rosa pomelo en el océano y hace bastante frío. Excepto los surfistas chalados y las personas más perjudicadas del *after*, somos los únicos en la playa.

Le pregunto a Rubén otra vez si está bien, no porque tenga mal aspecto sino porque quiero asegurarme.

Sonríe.

Con el frío, la nariz y los labios parecen rojísimos ante la palidez de la piel.

—Dios, debo de parecer un zombi, a estas alturas.

—¡No! Solo… no sé. Estoy preocupada, supongo.

Se ríe.

—¡Supongo!

—*Estoy* preocupada —preciso.

No sé por qué me resulta tan complicado decirlo. No sé por qué me avergüenzo tanto de mis sentimientos, incluso cuando son los adecuados. Ignoro por qué me da tanto miedo que la gente se dé cuenta de que tengo sentimientos humanos.

—Estoy bien, en serio. A veces, a mi colon no le gusta comportarse como un colon, entonces comer resulta difícil y salir de fiesta es divertido en el peor de los sentidos.

El aire gélido nos golpea con tanta fuerza que nos humedece los ojos. Tardo un par de segundos en identificar las lágrimas que me resbalan por los pómulos como el comienzo del llanto y no como respuesta al frío.

Las dificultades para comer deberían estar reservadas para las enfermedades digestivas o para los casos severos de tragedias humanas. ¿Pero cómo es posible justificar un cuerpo sano viviendo en un mundo generalmente privilegiado que deja de comer?

Rubén debe de interpretar incorrectamente mis lágrimas, pues se detiene.

—Oh, Dios, lo siento. No te preocupes, en serio. Estoy bien. O sea, no es grave y no me estoy muriendo, ni me moriré joven ni nada. Puedes llevar una vida muy normal con la enfermedad de Crohn. Solo... Bueno, me conozco de memoria cada uno de los baños públicos de la ciudad, y creo que he estado en todos. —Me pone las manos en los hombros—. No llores, Doctorando Martens. No quiero ser egoísta, pero me pone muy nervioso ver a las chicas llorar. En serio. Tengo una reacción física inmediata. Enseguida me pondré a llorar yo también.

Me seco la cara con el dorso de la mano.

—Estoy bien —hipo, aunque resulta evidente que no es así—. No estoy llorando.

—No, es solo agua.

Me río. Rubén todavía no está convencido. Nos sentamos en el paseo de tablillas de madera, frente al océano, y me pasa el brazo por detrás de la espalda. De tanto temblar, me estremezco ante el contacto humano, ante el calor de un cuerpo junto al mío.

—Iba a contártelo —me dice—, pero hablar de tu tránsito intestinal con la chica que te gusta no es la cumbre de la diversión. Y... bueno, siempre da un poco de miedo contarlo y que los demás te empiecen a tratar distinto. Como si ya no pudieses unirte a los planes, o como si tuvieran que estar siempre pendientes de ti... Esa parte en particular es una mierda. —Ladea la cabeza—. Y estamos hablando de una enfermedad en la que la mierda se hace muy presente. Literalmente.

Me vuelvo a reír. Me frota los brazos —otro estremecimiento—, después me aparta un mechón de pelo de la cara.

—¿Estás bien, Doctorando Martens? —me pregunta.

—Sí, ¿por?

—No sé. Pareces un poco cansada. Y no sé. Me importas, ¿eh? A veces la masculinidad se interpone y cuesta decirlo en voz alta...

Me sorbo los mocos.

—Estás hablando con alguien que tuvo que añadir «supongo» cuando te dijo que se preocupaba por ti.

—Sí, esta parte de ti es la que intimida. —Me acaricia los nudillos—. Pero me importas de verdad. Me has caído superbién desde el primer día, y siempre te has portado increíble conmigo. —Se encoge de hombros—. Solo quiero asegurarme de que estás bien, y de que sepas que puedes contar conmigo para lo que sea.

Asiento. Fijo la vista en las olas porque mi cerebro tiene la manía de mandar señales contradictorias. La amabilidad de Rubén, suave como la miel, provoca que quiera llorar con más fuerza.

«¿Por qué no puedo aceptar el cariño que me ofrecen los demás?».

«¿Por qué los muros que he levantado son tan impenetrables?».

—Gracias.

—No tienes que dármelas. Somos amigos. ¿Todo bien? Asiento.

—Sí. Es... La Navidad es difícil. La familia y... bueno, cuando no la ves desde hace tiempo, enseguida te das cuenta de que los has decepcionado. Y... las discusiones. —Enarco las cejas—. La comida...

Rubén permanece en silencio. Se me queda mirando, esperando a que continúe, esperando a ver si continúo. Me sigue frotando los brazos con las manos. Estoy muy, muy fría, como si ya no estuviese viva del todo.

—No tienes que hablar de ello si no quieres —me dice.

—No, está bien.

Tengo que hablar de ello. Tengo que verbalizarlo, hacerlo real. Tengo que exorcizarlo.

—Me cuesta comer —digo—. Pero el problema no es la comida, ni mi cuerpo. No se trata de estar delgada. Es... difícil de explicar. Es una mierda. —Fuerzo una sonrisa—. A veces, literalmente. No eras el único en apuros en el Central Perk.

Me devuelve la sonrisa. Ha cambiado de postura de modo que pueda apoyarme en su hombro. Me acaricia la espalda. Su cuerpo es sólido y fuerte, podría quedarme dormida si cerrase los ojos un segundo más de la cuenta.

—Creo que me he jodido la salud —susurro, no sé si me dirijo a él o a mí misma—. Y me siento muy culpable. O sea, tú no elegiste estar enfermo.

—Dudo de que tú eligieses tu papeleta.

Estiro los labios. Me siento tan sola, incluso ahora. Me da la impresión de que no puedo continuar con mi vida, de que no hay un futuro más allá de este momento concreto.

—Es que… ni siquiera sé por qué me sucede. No sé por qué empezó ni cómo parar y… bueno, intelectualmente reconozco que se trata de un trastorno, pero… también soy yo, un poco, ¿no? O sea… soy yo, haciendo esto. Haciéndome esto. —Me muerdo las mejillas—. A veces pienso que si tuviese un motivo, como… no sé, si me hubiesen hecho *bullying* o si tuviera una familia horrible… a lo mejor no me sentiría tan culpable. Y este pensamiento me resulta horrible.

Rubén se queda callado, la mirada fija en el mismo punto que la mía. Todavía tiene una mano detrás de mi espalda; entrelaza los dedos de la otra con los míos.

—Lo pillo —dice; traga saliva—. Sé que no es la misma situación, pero… bueno, la enfermedad de Crohn a veces es hereditaria y a veces no, por eso hicieron un montón de pruebas a mis hermanos, y por suerte estaban bien. Así que los médicos dijeron que probablemente no era hereditario, pues nadie más en la familia la sufre; yo tenía once años, así que tampoco había tenido tiempo de tomar malas decisiones que afectaran a mi salud. No vivimos en Chernóbil y… no es que quiera que alguien más de la familia tenga lo mismo que yo, me alegro de que no sea hereditario, pero eso no quita el hecho de que resulte difícil admitir que te ha tocado una birria de lotería porque tienes mala suerte y punto. No puedes volver al pasado y cambiarlo, porque se trata de algo que tenía que suceder de todas formas. Eres una víctima de una situación de mierda, y esto es una putada. Tienes derecho a sentirte mal al respecto.

Me sorbo los mocos otra vez.

«No me merezco tanta bondad, tantos cuidados».

~~Solo quiero que alguien me cuide.~~

~~Solo quiero permitir que alguien me cuide.~~

—Gracias.

—No tienes que darlas. Ya te he dicho que te has portado muy bien conmigo; lo mínimo que puedo hacer es pagarte con la misma moneda. Creo que eres increíble, y me da mucha rabia que tengas que pasar por algo así. —Se humedece los labios—. ¿Puedo ayudar?

Un temblor me recorre el cuerpo, porque ya sé que la respuesta a su pregunta no es amable.

—No lo sé.

Asiente.

—¿Hay algo que pueda hacer que creas que vaya a ayudar?

Me encojo de hombros.

—¿Estar ahí? Aunque sea frustrante. Y… y tratarme igual que siempre.

Sonríe.

—Bien. Sí, creo que puedo hacerlo. Estarás bien, Zoe. Al final estarás bien.

22

Topografía de la culpa

El peso que marca la báscula del doctor Herrera, en la primera consulta a la vuelta de las vacaciones, es considerablemente más bajo que el último que anotó. Quiero decirles a papá y mamá que no es su culpa, pero sería en vano. Durante los días festivos, solo ellos estaban a cargo de mis comidas; y nada de lo que diga, por muy cierto que sea, logrará que desestimen la idea de que también ellos han suspendido la prueba.

Las analíticas son igualmente desastrosas. La actividad de la tiroides apunta al hipotiroidismo, que es hereditario pero no debería afectarme tan temprano en la vida.

Primero pienso que, si existe Dios, tiene un sentido del humor muy retorcido al mandarme a mí —una persona con pavor a subir de peso— una enfermedad física que puede causar precisamente esto. Después me doy cuenta de que no cabe culpar a Dios. Es la consecuencia lógica del trastorno. Mi cuerpo quiere vivir, aunque mi mente no, y en su lucha por mantenerse a flote hay soldados heridos.

Me apuntan a los desayunos con efecto inmediato y me suben la ración de batidos de dos a tres al día; uno de ellos, en el hospital. No protesto.

Papá, tras intercambiar una mirada con mamá, pregunta

si no pueden hacer algo más, por la sala sobrevuela entonces la idea del ingreso.

El doctor Herrera ladea la cabeza.

—Si sigue bajando, tendremos que recurrir a ello, pero ahora mismo no lo considero la mejor solución para Zoe. La hospitalización puede devenir en una experiencia traumática, sobre todo en casos de trastornos alimentarios. Siempre que sea posible, recomiendo el hospital de día o, una vez encauzadas más las cosas, supervisión familiar. Es una manera más sencilla y... más amable de sanar la relación de Zoe con la comida.

Mamá se lleva una mano a la boca.

—Pero está empeorando. Es... —Se le rompe la voz—. Lo siento. Nos está costando mucho gestionarlo. Nunca... nunca imaginamos... Es que siempre hemos tenido mucha suerte con Zoe. Era una niña muy madura y... —Fuerza una sonrisa débil; papá le aprieta la mano—. Casi no tuvimos que enseñarle nada. Apenas teníamos que enfadarnos con ella, o reñirle.

—Parece que volvamos a ser padres primerizos —precisa papá—. Es... es difícil.

Mamá se seca las lágrimas con un pañuelo de tela.

—Lo siento. Es... es... De pequeña era como si hubiese nacido aprendida. Lo sabía todo. Cómo hacer las cosas, lo que estaba bien, lo que estaba mal... Como un adulto pequeñito.

—Pero era una niña —susurro.

Y ambos me miran, como si recordasen de golpe que estoy aquí.

—No era una adulta, era una niña. Y necesitaba a mi mami. —Aparto la mirada—. Aún necesito que me cuidéis.

Mamá llora más fuerte. Me pide perdón, incluso cuando le aseguro que no es culpa suya. Papá me coge la mano; la aprieta con fuerza, como asegurándose de que es real, y física.

—Quiero recuperarme —le digo al doctor Herrera—. No quiero que mi familia lo siga pasando mal por mi culpa. Y no quiero seguir en la misma situación dentro de diez años, pero... no sé cómo parar. No creo que pueda librarme del todo, como si nunca hubiese pasado.

El doctor Herrera mueve la cabeza despacio. Tiene la mirada, de ojos oscuros como el betún y muy brillantes, volcada en la mía.

—No es o todo o nada, no es o estás totalmente enferma o estás perfectamente recuperada y libre de riesgo. Si crees que la recuperación solo consiste en un cambio al cien por cien, con un progreso lineal, sin que tengamos que preocuparnos por las recaídas, sin que nada te afecte, como si fuéramos capaces de borrar todo por lo que has pasado, te pondrás en una situación en la que solo puedes perder —asiente, y ahora mira también a mis padres—. Lo que sí está en tu mano hacer es controlar la enfermedad, hasta que las partes que te afectan o esas situaciones externas que te lastiman se vuelvan cada vez más pequeñas. Puedes llevar una vida normal y vivir en paz contigo misma. Quizá siempre debas tener cuidado con ciertas cosas; las heridas curan, pero dejan una cicatriz.

Nos habla del método *kintsugi,* mediante el cual se reparan con oro aquellas piezas de cerámica que se han roto. Al colocar resina con polvo de oro en las grietas, se crea una obra distinta a la original, que no oculta las marcas del pasado sino que nace a raíz de ellas. Dice que puedo retomar mi vida a partir de ahora, a partir de esta experiencia, o que puedo quedarme estancada en este momento preciso.

—No sé cómo.

—Tienes que dejarte ayudar. No puedes continuar a la defensiva. Y debes permitirte los fallos. Si vuelves atrás cada vez que cometes un error, deshaces todo el progreso que has hecho. Permítete fallar y coge impulso a partir de ahí para continuar avanzando.

Les prometo que lo intentaré. Es lo máximo de lo que me siento capaz ahora.

A la hora de la comida, Ana María vuelve a sentarse a nuestra mesa. En Nochevieja sufrió un golpe de calor en una discoteca y, en la ambulancia, el corazón le latía tan lento que se asustó. Incluso después de que la hidrataran y la dejasen volver a casa, fue incapaz de sacudirse la idea de que su cuerpo mostraba cada vez más secuelas de la enfermedad. Tras los festivos llamó a la consulta del doctor Herrera.

—Estoy cansada de todos estos sustos que luego no cambian nada —dice.

Parece algo más delgada, con la piel más amarillenta y los ojos más somnolientos.

Pregunta por el asiento vacío que ocupaba Marcelo, y Helena tiene que explicarle que tras las Navidades bajó tanto que cruzó la raya roja del doctor Herrera y lo han hospitalizado.

—Se veía venir —susurra Ro—. Ya sabes cómo es. Le pondrán la sonda y en cuatro u ocho semanas lo tendremos otra vez por aquí.

Pero en la voz y la expresión —mucho más fácil de leer

ahora que lleva el pelo a la altura de la mandíbula— se le nota que lo lamenta.

Cuando el nuevo enfermero, Carlos, deposita nuestras bandejas sobre la mesa, Ana María frunce el cejo.

—¿Quién eres? ¿Dónde está Brais?

Carlos se presenta sin más explicaciones. Eso, por supuesto, no satisface a Ana María. Se da la vuelta en busca de Julia, hasta que establece contacto visual.

—¿Quién es este? —pregunta, esta vez más alto y con voz aguda—. ¿Dónde está Brais?

Julia camina hacia nosotros. Suspira, dejando que ese ruido dé comienzo a su contestación:

—Llevas tiempo fuera, Ana María. Algunas cosas han cambiado en tu ausencia.

Ana María se aferra a la silla; los dedos, blancos como la leche.

—¿Dónde está?

—Lo han trasladado a otra planta.

—¿Por qué?

—Porque está contratado por el hospital, no por la unidad de trastornos alimentarios. Es normal que a veces haya cambios de personal.

Ana María no la cree. Se vuelve hacia nosotras con movimientos agresivos y afilados.

—¿Quién ha sido?

Intercambiamos una mirada.

—Sé que ha sido alguien. Resulta fácil engañar a Brais.

Ro le dirige una sonrisa fría.

—Sí, exacto. Así que, ¿qué más da? Fue todo el mundo. No finjas que tú nunca te has aprovechado de que sea un buenazo.

La respuesta no la satisface. Tamborilea con los dedos sobre la mesa.

—¿Quién. Ha. Sido?

Marina suspira.

—Zoe perdió los nervios con lo del pan.

Y la mirada de Ana María, sobre la mía, es venenosa.

—¿Qué?

Bajo la cabeza.

—Lo siento.

Separa los labios para añadir algo, pero Helena se le adelanta:

—No importa. Ro tiene razón: todos nos aprovechábamos de él. Si no hubiese sido lo del pan, habría sido otra cosa. Era inevitable —resopla—. Lo vi el otro día, por cierto. Le va bien. Está feliz como unas castañuelas, que es su estado habitual, así que no le des más vueltas al asunto.

La espalda de Ana María se destensa; los hombros, cayendo dóciles y suaves, como si Helena fuera la única persona en el mundo capaz de decir las palabras precisas para calmarla.

—Me alegro. —Echa aire por la boca—. Es una lástima, porque me cae muy bien y lo echaré de menos. Y ya veo que el menú es tan deprimente como de costumbre.

Respiro, pero no por mucho tiempo. No tardo en descubrir que no era calma lo que leí en la disposición de Ana María. Su enfado no es rojo y explosivo, sino lento, calculado y muy, muy frío. Cuando Carlos y Julia no miran, echa comida de su plato al mío, luego me clava la mirada para que tome consciencia de que lo ha hecho a propósito.

Ro le da una patada por debajo de la mesa.

—Tía, que tienes casi treinta años. ¿No estás cansada?

Ana María no le responde. Yo tampoco digo nada. Me lo como todo, lo suyo y lo mío, porque es el castigo que estoy dispuesta a aceptar.

23

Conozco el final

A la salida de la cena, Ro me pregunta si quiero ir con ella a un sitio.

—No sé, se ha hecho un poco tarde. Y mañana tengo clase —suspiro—. En realidad, mañana tengo desayuno en el *hospi* y clase.

—¿Me das más motivos? ¿Un último «hurra»?

Eso suena bien. Le pido permiso a papá, que solo accede después de que Ro le explique el plan. Nos lleva en coche hasta el gimnasio, luego nos espera en la cafetería, pues hace muchísimo frío y nunca se puede resistir al olor de los perritos calientes, quizá sea su día de suerte y haya una opción vegana.

Ro y yo subimos a lo más alto de las gradas y miramos a las gimnastas sobre el tapiz. Desde esta distancia, parecen diminutas, como muñecas de porcelana; solo cuando te fijas con detenimiento en los rasgos de los rostros te das cuenta de que todas tienen más o menos nuestra edad.

—Esta fue mi vida durante... Dios, ¿cuántos años tengo?

—Diecisiete.

—Dieciocho —me corrige—. Cumplo el 6 de enero.

—¿El día de Reyes? Felicidades atrasadas.

—Oh, ¿no te lo dije? Ro viene de Roscón, no de Rocío.

Nos entra la risa tonta. Es casi líquida y se cuela por todos los rincones vacíos del gimnasio, construyéndose un hogar en las grietas de la pared.

—Esta fue mi vida durante la mayor parte de esos dieciocho años —prosigue—. Creí que ver a mis compañeras me dolería más, pero no. —Enarca las cejas—. Esta vida ya no es la mía.

La miro. Con la melena corta y rubia y los labios pintados de rojo, me recuerda a una periodista o escritora de los años cincuenta. Parece mayor, y segura, como si conociese su lugar en el mundo.

Se humedece los labios.

—Creo que Marina tiene razón. Me da miedo recuperarme. Porque... bueno, cuando te recuperas, te recuperas *para* algo, ¿no? Y yo no tengo ningún objetivo para recuperarme. Esto lo era todo. No hice ningún otro plan. Tengo que retroceder para empezar una vida nueva, no avanzar.

Le cojo la mano, no sé por qué. Tiene las uñas muy cortas, medio despintadas; el poco esmalte que le queda es de un tono grisáceo de lila.

—No quiero que los demás empeoréis por mi culpa —dice—. Aunque es verdad que me da miedo que todos os recuperéis y yo sea la única en el hospital, pero... no soy una persona horrible.

Estiro los labios.

—Nunca me lo has parecido. Solo tienes un sentido de humor de mierda, y se te da de muerte buscar las cosquillas a los demás. Y me has echado un cable siempre que lo he necesitado.

—A regañadientes —admite, y se vuelve a reír—. Dios, ¿está mal que me queme por dentro el hecho de que mis compañeras estén aquí mientras yo tengo que tragar hospital por un tubo?

Sacudo la cabeza.

—A veces veo a chicas de nuestra edad comiendo, riéndose y pasándolo bien, y siento *tanta envidia.* Sé que también tienen sus problemas, no este en específico, y me pregunto por qué ellas pueden tener una vida y yo no. Después pienso si habrá gente que me pille sonriendo entre bocado y bocado y se lleve una idea equivocada de mí. —Suspiro—. Creo que voy a intentarlo.

Ro asiente.

—Creo que deberías.

—No sé *para qué* me voy a recuperar, eso sí. He sacado unas notas desastrosas, y ahora que tengo que ir a los desayunos no mejorarán. Además, estoy arruinando a mi familia, así que estudiar fuera tampoco cuenta como opción. Pero estoy cansada.

La mirada de Ro casi me acaricia.

—Es un buen plan. Si no tomas la decisión tú, lo hará tu cuerpo, y ese es el tipo de ruleta rusa al que no quieres jugar.

En el tapiz, las cintas de la rutina se agitan al ritmo de la *Sinfonía número 7* de Shostakóvich, y pienso que a Rubén le gustará saber que hay un ejercicio de gimnasia rítmica con una pieza inspirada en el sitio de Leningrado.

—Creo que yo también voy a intentarlo —susurra Ro—. Seamos sinceros: si todos me abandonáis y me quedo sola con Ana María, saldré del hospital, sí, pero para ir a la cárcel.

Me río.

—No es mala.

—No, esa es la peor parte. No me cuesta nada ponerme

en su lugar. —Resopla, y clava los codos contra las rodillas alzadas—. Da miedo lo fácil que resulta llevar una vida casi normal con esta enfermedad cuando eres adulto. Solo tu familia se preocupa por ti, y el resto piensa que eres una mujer normal del siglo veintiuno... hasta que te rompes y te desmayas en una fiesta o lloras porque te da miedo el deseo que te despierta tu postre favorito. No quiero eso, aunque creo que hacia allí me estoy dirigiendo.

Le aprieto la mano con más fuerza, noto su pulso, y su sudor contra el mío. Le digo que estaremos bien, que al final estaremos bien. Que conoceremos la paz.

Me repito lo mismo a mí también.

Octubre

Empezamos reduciendo los daños. De todos los nombres que puedes darle a la recuperación, este es el que menos miedo inspira. Qué elecciones puedes tomar para no hundir aún más el dedo en la llaga, si los pasos adelante todavía requieren de una fuerza hercúlea. Adónde puedes reconducir tus pensamientos cuando esa voz afilada te despierta por las noches.

Escribo mucho sobre ello, porque ayuda. Dibujo, también, aunque no se me da bien; al principio me frustraba, pero ahora estoy aprendiendo a convivir con ello.

Dejo que el doctor Herrera trace el contorno de mi cuerpo tumbada sobre una cartulina en el suelo, y en lugar de apartarme me quedo mirando y hurgo en mi cerebro hasta que puedo nombrar los sentimientos que me invaden.

No es bonito. Y no es lineal. Y no es fácil. Y no es lógico.

A veces todavía lloro frente al plato, y les grito a mis padres porque no es justo que me obliguen a comer cuando ya no tengo hambre. A veces aún pongo los ojos en blanco cuando el doctor Herrera intenta presentarme un recurso que no comprendo. A veces encadeno tantos días buenos —palomitas en el cine, aceptar la tapa cuando salgo con los amigos— que me parece que ya saboreo la recuperación en la punta de la lengua, pero luego paso semanas en las que me refugio en los comportamientos destructivos de siempre, porque me parecen más seguros que la vida al otro lado. A veces temo descubrir cómo soy realmente, una vez se quita la manta de la enfermedad.

Se me da mejor pedir ayuda, y aceptarla. La metamorfosis se está deshaciendo, y soy más chica que monstruo.

Mi nueva normalidad es estudiar Literatura en la UNED, desde casa. Todavía no he llegado al índice de masa corporal de veinte que el doctor Herrera quiere, pero he ganado peso y privilegios. Al hospital solo tengo que ir para seguir la terapia, a control una vez a la semana, los viernes. Lisa me supervisa las comidas. Algunos días nos resulta una tortura a ambas, pero otros solo somos la madrastra buena y su hijastra, comiendo arroz tres delicias y riéndonos con bromas de *Los Simpsons* que ya nos sabemos de memoria.

Mi nueva normalidad es también ir a clases de hockey con Rubén; resulta que no hay nada como golpear un disco para aniquilar todo el enfado que llevas dentro. Y otra parte de mi nueva normalidad es ayudar a Ro con el instituto, porque solo me he matriculado de la mitad de las asignaturas de la carrera y tengo bastante tiempo libre para descubrir quién soy.

He vuelto a escribir en el blog, aunque no sobre esto. Si sigo mejorando, me volveré a presentar a Selectividad este curso, a lo mejor esta vez alcanzo la nota suficiente para entrar en Periodismo. O a lo mejor cuando llegue la primavera ya no me parecerá tan importante. A lo mejor me enamoro de Literatura, o a lo mejor decido tomarme un año libre el año que viene, para escribir y detenerme un rato a recobrar fuerzas, a continuar con mi vida *incontinuable*.

Tendré diecinueve años, entonces. El tiempo delante de mí es tan grande, imposible de sostener en la palma de la mano. Hay días en que nada me da más miedo que imaginar todos los años blancos y desnudos que se disponen delante de mí. Hay días en que echo de menos los momentos más oscuros de la enfermedad, y mi cuerpo anterior, aunque me hiciese año, y preocuparme tan solo del lado hacia el que oscilaría la balanza entre comer y no comer.

Otros días noto que crecen y se concentran en mí las ganas de continuar con mi vida, aunque me paralice el tamaño del esfuerzo necesario.

«Estoy despertando».

Nota de la autora

Como a Zoe, me diagnosticaron anorexia —nerviosa— a los diecisiete años. Durante el transcurso de la escritura de esta novela, recibí, tras dos años en lista de espera, una cita para continuar con el tratamiento para los trastornos alimentarios, esta vez en otro sistema sanitario —el NHS—, en la unidad de adultos y casi once años exactos desde el primer diagnóstico.

Para los TCA casi nunca hay respuestas fáciles. Muchos pacientes, como Zoe y como yo, nunca descubren un gran motivo que una el hilo de la enfermedad a un momento concreto y evitable. Para muchos pacientes, la enfermedad se esconde detrás de muchos motivos, algunos evitables y otros no: rasgos específicos de la personalidad, antecedentes familiares…

En 2012 escribí una novela absolutamente ficticia pero inspirada en mi experiencia con la anorexia. Dos años más tarde ganó el II Premio La Caixa/Plataforma Neo y se publicó bajo el título *Corazón de mariposa*. Aunque esa publicación dio comienzo a mi carrera, y por ello siempre le estaré agradecida, no guardo un buen recuerdo de esos años. Tenía diecinueve y acababa de volver al normopeso. Pesaba más que cuando caí en el trastorno y estaba en el punto de mira;

entonces no lo sabía, pero una fase común del proceso es subir rápidamente de peso para que, una vez controles la alimentación, tu cuerpo regrese al valor saludable en el que se encuentre más cómodo, que suele ser más bajo. El problema residía en que no había controlado la alimentación. Todos decían que me veían muy bien porque había subido de peso, pero, mentalmente, aquellos fueron mis peores momentos, y todavía evito ver fotos de esos años.

Si pudiese hablar con mi yo de dieciocho años, le diría que el hecho de elegir hablar de aquellos temas vulnerables no significa que tengas que compartirlo todo. Le diría que no tiene que responder a preguntas sobre cuál fue su peso más bajo, cuánto pesa hoy, cuántas calorías tomaba al día y qué trucos tenía para adelgazar estando en tratamiento. Los trastornos alimentarios no son trágicos porque puedan ser sensacionalistas. Los trastornos alimentarios son trágicos porque muchas veces se desnudan del sensacionalismo, de los números imposiblemente bajos y de las experiencias cercanas a la muerte, y pasan desapercibidos.

Con la presente novela —también absolutamente ficticia, aunque mucho más personal— quisiera mostrar, de manera más global, lo que suponen estos trastornos y plasmar todo lo que he aprendido en doce años conviviendo con uno de ellos.

Algunas de las frases del doctor Herrera están sacadas palabra por palabra de mis propias sesiones de terapia. Algunos personajes del hospital de día están parcialmente inspirados en personas que conocí en el grupo de apoyo al que empecé a asistir durante la pandemia. Ciertos puntos del transcurso de la enfermedad de Zoe concuerdan con el transcurso de mi enfermedad. Y, como mujer de veintiocho años que sigue lidiando con un TCA, he podido exponer, mediante el personaje de Ana María, las complejidades del estado intermedio entre ser adulta y sentirte como la adolescente que eras cuando la enfermedad irrumpió en tu vida.

El personaje de Rubén responde a la pregunta que hacen muchas veces los familiares y amigos de una persona que pasa por un TCA: «¿Cómo ayudar?». No hay una respuesta sencilla. En muchos casos, ninguna acción concreta podrá deshacer todas las señales que se leen —correcta o incorrectamente— en el entorno, ni curar el daño mental de un trastorno muy cruel. Pero el acto más sencillo, el de acompañar, es también el que más sana.

La paz es posible. La tranquilidad es posible. He vivido en ambas muchos años, y sé que volveré a ellas después de detenerme a recobrar fuerzas. La recuperación nunca se traza de forma lineal y muy pocas veces es lógica. Para muchos, la recuperación no emerge como una barrera que separa el antes y el después, sino que se delinea como un estado prolongado en el tiempo, como una tarea pendiente en la que nunca dejas de trabajar. Comprenderlo ha sido lo que más me ha ayudado.

Recibir un diagnóstico de TDAH también ha cambiado mi concepción de la enfermedad, y no solo por haber añadido algunos motivos más a la lista que llevo desde hace años. Siempre tendré TDAH, pues corresponde a la manera en que está configurado mi cerebro, pero puedo mantenerlo bajo control mediante medicación y terapia, y ajustar la medicación o asistir a más sesiones de terapia cuando los síntomas empeoren. De la misma manera, siempre deberé tener cuidado con ciertas cosas, y siempre estaré en riesgo de recaer, pero puedo mantener el trastorno bajo control, hasta que ocupe un espacio cada vez más pequeño en mi vida, siempre mediante apoyo y terapia, sin dejar de dar pasos.

Y, si estás pasando por algo similar, tú también puedes. Puedes y te lo mereces. A veces el paso más difícil de la recuperación es aceptar que tienes derecho a curarte, que tu vida no tiene que ser tan difícil. Te mereces paz. Te mereces recuperación. Y sé que puedes conseguirlas.

Agradecimientos

Solo puede haber un primero en la lista de agradecimientos, y para una novela como esta, el puesto solo puede pertenecer a mi familia. Aunque, por desgracia, hay pocas cosas concretas que estén en manos de las familias para ayudar, el acto de acompañar y apoyar puede marcar la diferencia. Yo he tenido mucha suerte de que mi familia luchase tanto por mí, incluso cuando no podían comprender por lo que yo estaba pasando: mi madre, mi abuela, mi abuelo —que ya no está—, mis tíos y primos…

Solo hay una cosa peor que pasar por un trastorno alimentario: que alguien a quien quieres pase por uno. Me gustaría agradecer también a los amigos que me han acompañado en la enfermedad, a lo largo de los años: Iván, Bety, Eva, Violeta, Claire, Joop, Vibha, Tanu, Léo, Alex y tantos otros.

Al grupo de apoyo de Camden, en especial a R., por su paciencia.

A todos los especialistas que me han tratado durante todos estos años. Sobre todo, a Cherry, que me animó a pedir ayuda de nuevo, esta vez como adulta y años después de que me dieran de alta del primer diagnóstico.

A Sara Cano y al maravilloso equipo de Penguin y Nube de Tinta, por hacer de este sueño una realidad.

A Isabel Martí y a Jordi Ribolleda, del igualmente maravilloso equipo de IMC, por creer en mí y en mis palabras.

A mis lectores, a los que lleváis años creciendo conmigo y con mis libros, y a los que acabáis de terminar el primero —o de empezarlo, si sois como yo y atacáis primero los agradecimientos— . De pequeña escribía porque me apasionaba, pero también porque quería que la gente me leyese. Sois el sueño que no se acaba cuando te despiertas.

Índice